화
암
수
록

화암수록

꽃에 미친 선비,
조선의
화훼백과를 쓰다

유박 지음 · 정민 김영은 손균익 외 옮김

Humanist

새로운 자료와 해후하는 것은 학자의 큰 기쁨이다. 필자가 《화암수록花菴隨錄》과 처음 만난 것은 16년 전인 2003년이다. 이용휴李用休 (1708~1782)의 문집에서 〈제화암화목품제후題花庵花木品第後〉라는 글을 보았다. 이 글에 백화암百花庵 주인이 쓴 화목품제花木品第에 관한 내용이 나왔다. 혹 이 책이 남아 있을까 싶어 백화암을 검색하자 생각지 않게 여러 글이 나왔다. 확인해보니 백화암은 황해도 배천[白川]의 금곡金谷에 살았던 유박柳璞(1730~1787)이 꽃을 키우던 공간이었다.

　문화 유씨文化柳氏 대종회에 유박에 대해 물어, 통덕랑을 지낸 유문익柳文益의 손자요, 유중상柳重相의 아들이며 실학자 영재泠齋 유득공柳得恭(1748~1807)의 7촌 당숙이라는 인적 사항을 확인했다. 하지만 그가 쓴 책은 찾을 수가 없었다. 여러 경로로 수소문한 끝에 《화암수록》이란 책이 포착되었다. 이 책은 광해군 때 인물인 송타宋柁(1567~1597)의 저술로 잘못 알려져, 이 책에 실린 시조 작품이 2002년 수능시험의 국어 문제로 출제되기도 했다. 만약 지은이를 유박으로 바로잡을 경우, 해당 문제는 오답 처리를 해야 하는 상황이다.

한편 이병훈 선생이 강희안姜希顔의 《양화소록養花小錄》을 1973년 '을유문고'의 하나로 역주하여 간행했다. 그런데 책의 뒤편에 아무 설명 없이 《화암수록》의 주요 부분을 함께 실었다. 통문관 주인 이겸로 선생에게서 이 자료를 받았다는 출처만 밝혔을 뿐이다. 《양화소록》에 같이 수록하는 바람에, 이후 《화암수록》은 강희안의 또 다른 화훼 저작으로 받아들여졌다. 이 오해는 지금까지 해소되지 않고 있다.

2003년 6월, 통문관에서 오래 일했던 김영복 선생을 찾아가 《화암수록》에 대해 물었다. 다행히 그이가 이 책에 대해 잘 알고 있었다. 이 책은 내무부장관을 지낸 이상희 선생이 이겸로 선생을 귀찮도록 졸라서 구입했고, 이후 지은이를 찾아내기 위해 갖은 애를 썼지만 이제껏 찾지 못했다고 했다.

책을 한 부 복사해주면 검토해서 지은이를 알려드리겠다고 내가 말했다. 김영복 선생이 놀란 표정으로 지은이를 찾았느냐고 물었다. 찾은 것 같은데, 실물을 보고 확인해야 확정할 수 있겠다고 내가 대답했다. 일주일 뒤 김 선생의 주선으로 인사동의 찻집에서 이상희 선생과 만나 《화암수록》의 복사본을 처음으로 건네받았다.

두 달 뒤인 2003년 8월에 나는 《한국시가연구》 제14집에 〈〈화암구곡〉의 작가 유박(1730~1787)과 《화암수록》〉이란 논문을 발표했다. 이 논문의 한 부를 이상희 선생께 건네드렸다. 책의 지은이를 처음으로 밝히고, 화훼 및 원예사적 의의를 정리한 내용이었다. 막연하긴 하지만 언젠가 전부 번역해 소개해야 한다고 생각했다.

　그 뒤 번역을 할 엄두를 못 내고 있다가, 금번 한양대학교 인문과
학대학에서 진행 중인 '인문학 역량 강화 코어 사업'의 독회 지원을
받아, 이 책을 강독할 기회를 가졌다. 《화암수록》 전문을 번역했고,
각종 문집에서 찾은 백화암 관련 자료를 부록으로 수록했다. 한시의
번역은 필자가 도맡았고, 나머지는 역할을 분담해 매주 조금씩 독회
를 진행한 뒤 여러 차례 수정과 윤문 작업을 거쳤다. 그럼에도 부족
한 점이 있다면 온전히 필자의 책임이다. 성심껏 작업에 임해준 제
자들이 자랑스럽다. 휴머니스트출판사 이효온 씨가 꼼꼼히 교정해
서 한 번 더 가다듬었다. 감사의 뜻을 전한다. 이 책을 휴머니스트출
판사의 18세기 지식총서에 추가할 수 있어 기쁘다.

2019년 새봄
옮긴이를 대표해 정민 쓰다.

차례

2부

부록

원문

조선 후기 원예문화와《화암수록》

1

18세기 유박의《화암수록》은 한국 원예문화사에서 대단히 주목할 만한 저작이다. 조선 초기 강희안의《양화소록》이 있었지만, 이후 화훼에 관한 저술은 거의 찾아볼 수 없었다. 그러다가 근 300년 만에 이 책이 등장했다. 이 두 책은 조선 시대 2대 원예전문서다. 하지만《화암수록》의 전체 원문은 공개된 적이 없어 연구에 어려움이 많았다.

게다가 이 책은 처음 소개되는 과정에서 지은이가 오인되어 엉뚱하게 강희안이나 송타 같은 사람의 저작으로 잘못 알려졌다. 이 글에서는《화암수록》과 만나게 된 경위, 지은이 유박과 그의 백화암 공간을 소개하고, 이를 바탕으로 18세기 원예문화를 간단히 정리하고자 한다.

필사본《화암수록》은 원래 위창葦滄 오세창吳世昌의 장서였다. 책에 정음문고 소장인이 찍힌 것으로 보아 이후 이 책은 정음문고에 소장되었다가 통문관 이겸로 선생을 거쳐 현재는 이상희 선생이 소장하고 있다. 이 책이 세상에 처음 알려진 것은 1960년대 초반《현

대문학》에 이겸로 선생이 자신이 소장한 진서희귀본珍書稀貴本의 하나로 소개하면서부터였다. 이 글에 실린 연시조 〈화암구곡花菴九曲〉과 〈매농곡梅儂曲〉 등 10수의 시조가 특히 학계의 주목을 끌었다.

이겸로 선생은 위 글에서 송타가 화암이란 호를 썼지만, 《화암수록》 본문에 등장하는 인명으로 보아 지은이는 영·정조 시대의 인물일 것으로 추정했다. 하지만 어찌된 셈인지 심재완 선생이 《교본역대시조전서》에 〈화암구곡〉의 지은이를 송타로 밝히면서, 이후 각종 시조사전뿐 아니라 2002년 대입 수능시험 문제에까지 송타의 작품으로 잘못 소개되었다.

한편 1973년 을유문화사에서 이병훈 선생의 역주로 강희안의 《양화소록》을 펴냈다. 그런데 엉뚱하게 이 책의 부록으로 《화암수록》의 핵심 내용을 함께 실었다. 이병훈 선생은 《화암수록》이 누구의 저작인지, 어떤 연유에서 《양화소록》과 함께 실었는지에 대해 아무런 언급도 남기지 않았다. 역자 서문에 《양화소록》의 필사 원고를 이겸로 선생에게서 받았다고 한 것으로 보아, 이때 《화암수록》의 일부 원고를 같이 받아 별 생각 없이 함께 수록했던 듯하다. 그 결과 《화암수록》이 송타가 아닌 강희안의 저술로 오인되어 지금까지 수많은 원예 관련 저술에서 거듭 인용되어왔다.

정리하면 이렇다. 원예학자들은 《화암수록》이 을유문화사에서 펴낸 《양화소록》에 부록으로 실린 것만 보고는 이를 조선 전기 강희안의 저술로 생각해왔고, 시조 연구자들은 《교본역대시조전서》에 따라 송타의 작품으로 믿었다. 하지만 《화암수록》은 연대가 선조조까지 거슬러 올라갈 수 없다.

정작《화암수록》에는 지은이의 개인 정보를 파악할 만한 직접적인 자료가 실려 있지 않다. 하지만 책 속에 1775년에 열린 신돈복辛敦復(1692~1779)의 생일잔치 이야기가 보이고, 정조 때 자선가로 이름 높던 개성 사람 최순성崔舜星과 같은 시기 우현보의 숭양서원 배향 운동을 주도했던 우경모禹景謨(1744~1793)의 이름도 확인된다. 한마디로《화암수록》의 지은이는 18세기 후반에 활동했던 인물임이 분명하다. 그런데 이겸로 선생이 지나가는 말로 던진 한마디가 오해를 불러 엉뚱하게 16세기 인물 송타가 지은이로 알려졌다.

　그렇다면《화암수록》의 지은이는 과연 누구인가? 2003년 당시 필자는 한 분야에 미친 듯이 몰두해 뚜렷한 족적을 남긴 18세기 지식인의 마니아적 성향과 관련 저술을 연구하고 있었다. 그러다가 이 시기에 원예문화에 대한 관심이 크게 높아진 현상에 흥미를 느껴 관련 자료를 수집하던 중이었다.

　《화암수록》의 지은이를 추정하는 데 단서가 된 글은 이용휴의 〈제화암화목품제후〉였다. '화암화목품제花庵花木品第'란《화암수록》의 첫머리에 실린 〈화목구등품제花木九等品第〉를 가리킨다. 이 글을 통해 글쓴이가 백화암 주인이란 별호를 가졌고, 역량은 있었지만 벼슬길에는 오르지 못했던 인물이라는 사실을 알게 되었다.

　이용휴의 문집에는 〈기제백화암寄題百花菴〉이라는 장편 한시가 1수 더 실려 있었다. 이에 흥미를 느껴 한국문집총간 데이터베이스에 '백화암'을 검색어로 넣고 확인해보니, 몇 편의 글이 더 나왔다. 그중에 정범조丁範祖(1723~1801)가 쓴 〈기제유사문백화암寄題柳斯文百花菴〉이란 시에서는 백화암 주인이 유사문이라고 언급했다. 유사문이 누구일까? 답은 이헌경李獻慶(1719~1791)이 쓴 〈백화암기百花菴記〉에서 찾았다. 그는 황해도 배천 금곡에 사는 처사 유박이다.

정조 대 영의정을 지낸 채제공蔡濟恭(1720~1799)의 〈우화재기寓花齋記〉에도 유박의 이름이 나온다. 우화재는 백화암에 딸린 사랑채의 이름이었다. 이 밖에 남인 문단에서 명망이 높았던 목만중睦萬中(1727~1810)도 유박을 위해 〈백화암기百花菴記〉를 써 주었다. 유득공柳得恭(1748~1807)은 〈금곡백화암상량문金谷百花菴上梁文〉을 지었고, 유득공의 숙부 유련柳璉이 지은 〈백화암부百華菴賦〉도 추가로 확인되었다. 진용이 자못 화려했다.

이렇듯 당대 쟁쟁한 남인 또는 소북 계열 문인들이 유박의 요청에 일제히 응한 것을 보면, 유박의 백화암이 당시에 지명도가 높았고, 유박의 집안 또한 상당했으리란 짐작이 간다. 이 정도의 인물이 쓴 저술이라면 분명히 어딘가 실물이 남아 있으리라 믿어 작정하고 자료를 수소문하기 시작했고, 이후 서문에서 설명한 경로로 유박의 《화암수록》이란 저술을 찾을 수 있었다.

2

《화암수록》의 지은이 유박에 대한 정보는 많지 않다. 《화암수록》과 문화 유씨 대종회에서 간행한 족보, 여러 문집 자료와 《승정원일기》 등의 관찬 사료를 망라하여 그의 생애를 정리해 소개한다.

유박은 자가 화서和瑞, 호는 백화암百花庵이다. 황해도 문화文化가 본관이며, 집안은 소북 계열로 광해군의 장인 유자신柳自新의 7대손이다. 유박은 1730년(영조 6년) 유중상과 부인 풍천 노씨 사이에서 외아들로 태어났다. 아버지 유중상은 유문익의 2남 1녀 중 장남으로 별다른 관력은 없다.

유박의 선대는 8대조 유잠柳潛 이래 경기도 안산安山(현재의 시흥)에 선영을 마련하고 서울과 안산에 세거해왔다. 그러다가 유박의 조부 대에 분가하여 황해도 배천군 금곡면으로 옮겨간 것으로 추정된다. 유박의 조부 유문익과 부친 유중상의 묘소는 금곡면 사야동에, 숙부 유형상의 묘소는 금곡면 천곳에 자리 잡고 있다. 유박 역시 배천에서 나고 자랐을 것으로 짐작된다.

그는 벼슬길에 오르지 않은 채 금곡의 서해 바닷가에 거처를 마련하여 백화암이라 이름 짓고 일생 그곳에서 살았다. 유박의 집안은 소북 계열의 명망 있는 가문이었다. 7대조 유자신은 1608년 광해군의 즉위와 함께 국구國舅(임금의 장인)의 자리에 올랐다. 이후 유희분柳希奮을 비롯한 아들들이 대북 세력과 손을 잡고 정권의 요직을 차지했다. 하지만 1623년의 인조반정, 그리고 5년 뒤에 발생한 유효립柳孝立의 역모 사건으로 그의 가문은 완전히 몰락했다.

유박의 5대조 유정립柳鼎立은 인조반정 당시 여러 숙부와 종형제가 죽거나 유배를 당했어도 별다른 화를 입지 않고 관직을 유지했다. 그의 부친 유희담柳希聃이 인목대비仁穆大妃 유폐 사건이 일어나기 전에 사망했고, 이 사건을 주도한 숙부 유희분과 이에 적극 동조한 종형제들과 달리 유정립만은 비판적인 입장을 취했기 때문이다. 이후 유정립은 1628년(인조 6년) 집안의 장자인 종형 유효립이 인성군仁城君 추대에 가담한 혐의에 연루되어 결국 남해南海에 정배되었고 1년 뒤 유배지에서 사망했다.

이후 유박의 선대에 문과에 급제하여 고관에 오른 이는 찾아볼 수 없다. 벼슬길이 완전히 막혀 있던 것은 아니었다. 그의 일문은 얼마 지나지 않아 대부분 사면을 받았고, 증조부 유성구柳聖龜와 백조부 유경익柳敬益·유한익柳翰益이 생원진사시에 합격한 기록도 남아 있다. 그러나 현실적으로 역적 집안 출신이라는 굴레를 쓴 이들이 자신의 능력을 온전히 펴기는 어려웠을 것이다. 이와 같은 상황에서 유박은 출세에 큰 기대를 품지 않았던 것으로 보인다.

유박은 파평 윤씨 집안의 윤석중尹錫中의 딸과 혼인하여 아들 없이 딸 셋을 두었다. 세 딸은 각기 신세사愼世師, 이정륜李廷倫, 조항규趙恒奎와 혼인했다. 유박은 재종형이자 생부의 계자인 유숙의 아들 유득구를 양자로 들여 대를 이었다. 유박은 1787년(정조 11년) 57세의 나이로 사망했다. 묘소의 위치는 문헌으로 파악할 수 없으나 선영이 자리 잡은 배천군 금곡면 일대일 것으로 추정된다.

유박의 교유관계를 살펴보면, 크게 집안의 당색과 혼인 및 혈연으로 맺어진 이들과 자신이 일생을 보낸 배천이라는 향촌 사회의 지인들로 나누어 볼 수 있다.

앞서 언급했듯이, 유박의 가문은 소북 계열인데 이들은 대개 남인으로 흡수되었다. 유박의 일가는 남인 가문과 혼인 등으로 얽혀 있었던 것으로 보인다. 유박의 부친 유중상의 첫째 부인이 남인 계열의 사천 목씨였고, 유박의 고모는 남인 계열인 초계 정씨 가문으로 시집갔다. 또한 그는 자신의 맏딸을 남인 계열 학자인 신후담愼後耼의 맏손자에게 시집보냈다. 이 같은 인연으로 유박은 남인 계열의 쟁쟁한 문사들에게서 시詩와 기문記文을 받을 수 있었다.

당대 유박과 혈연관계에 있던 유명 인사로는 북학파 계열의 실학 자인 유득공이 대표적이다. 그는 가계상 유박의 7촌 조카로 유박보 다 18세 연하이다. 유박의 숙조부이자 유득공의 증조부인 유삼익은 서자였다. 그래서 유득공은 유박과 달리 서얼가 출신이라는 신분적 제약을 안고 있었다. 유득공의 문집에는 7촌 당숙 유박을 위해 지은 백화암 상량문이 실려 있다. 유득공이 평소 유박과 직접 교류해왔는 지는 분명치 않다. 다만 앞서 언급한 이들보다는 유박과 백화암에 대해 풍부한 정보를 가지고 있기에 아마도 백화암을 방문하여 유박 과 만난 적이 있었던 것으로 추정된다.

유박은 황해도 배천군 금곡면에서 나고 자라 평생을 살았으므로 실질적인 인간관계는 배천을 중심으로 맺었다고 봐야 한다. 〈화암만 어花菴謾語〉에는 그가 평소 가깝게 사귀었던 이장익李莊翼 · 안습제安 習濟 · 김광렬金光烈 등 모두 열 명의 벗이 등장한다. 《승정원일기》에 보이는 이 시기 배천 지역 유림의 연명 상소 기사 및 《사마방목司馬 榜目》에 나오는 인적 정보를 검토한 결과 이들 대부분이 배천 지역 의 선비들임을 확인할 수 있었다.

유박의 활동 사항은 문헌으로는 거의 확인하기 어렵다. 1782년(정 조6년) 11월 2일자 《승정원일기》에 실린, 황해도 유림 2,400여 명이 송덕상宋德相과 홍국영洪國榮의 죄를 성토하는 집단 상소 관련 기사 에 유학幼學(벼슬 없는 유생) 신분으로 이름을 올린 것이 유일하다. 이 밖에 1778년(정조 2년) 배천군의 향교를 옮겨 짓는 공사를 감독하거 나, 벗들과 어울려 근처의 연화봉과 남산 등에 올라 꽃구경을 하며 친목을 도모한 내용이 확인되는 정도다.

3

백화암은 황해도 배천군 남동쪽인 금곡면 서해 바닷가에 있었다. 금
곡이라는 지명은 옛날부터 사금이 많이 채취된 데서 유래했다고 한
다. 한편 금곡은 벽란도를 거쳐 중국 등지로 이어지는 해로가 국내
의 육로와 연결되는 교통의 요지였다.《세종실록지리지世宗實錄地理
志》에는 "배천군 동쪽 금곡포金谷浦를 지나 남쪽에 이르러 벽란도碧
瀾渡를 거쳐 바다로 들어간다"라는 기록이 보인다.《신증동국여지승
람新增東國輿地勝覽》에는 "금곡포는 고을 동쪽 25리에 있는데, 강음
현江陰縣 조읍포助邑浦의 하류로서 조세를 운수하는 곳이다"라고 기
록되어 있다. 백화암의 이러한 지리적 이점이 유박으로 하여금 화리
華利와 종려椶櫚 같은 외국산 화훼들까지 비교적 손쉽게 구할 수 있
도록 해주었다.

유득공의 〈금곡 백화암 상량문〉에 따르면 유박은 어떤 사람의 집
에 기이한 화훼가 있다는 말을 들으면 천금을 주고서라도 반드시 구
하는 열성을 보였다. 문인들의 묘사에 따르면 백화암은 5무畝 정도
의 규모였고, 건물이라고 해봐야 거적문을 단 띠집 한 채에 지나지
않았다. 유박은 만년에는 그나마 있던 살림살이마저 화훼 수집으로
거의 다 탕진했다고 한다.

유박은 〈화암기花庵記〉에서 백화암의 구체적인 풍경과 일상을 비
교적 자세히 묘사했다. 그는 화훼 수백 그루를 구하여 큰 것은 땅에

심고, 작은 것은 화분에 담아 꽃밭을 일구었고, 철마다 피고 지는 꽃을 구비했다. 마당가에는 파초를 심고 괴석을 두어 명산의 분위기를 연출했다. 사이사이 소나무와 대나무를 심어 시중 드는 사람으로 삼았는데, 연못에는 연꽃이 떠 있었다. 그의 연작 시조 〈화암구곡〉도 백화암의 정경을 묘사하고 있다. 백화암의 마당에는 층층히 층을 지어 기른 층석류層石榴와 해묵은 등걸에 접붙인 고사매古楂梅가 자랐다. 연못 가운데 심은 석가산石假山에는 소나무가 심어져 있었다.

백화암을 방문했던 지인들 또한 그 모습을 여러 기록에 남겼다. 유득공은 백화암에서 계절에 따라 온갖 빛깔의 화초가 자랐다고 썼다. 여름에는 석류, 겨울에는 매화, 봄에는 복사꽃, 가을에는 국화를 가꿔 360일 날마다 꽃이 쉼 없이 피어나 백화암이란 이름에 부끄럽지 않다는 것이다. 우경모는 푸른 꽃, 노란 꽃, 붉은 꽃, 흰 꽃 등 없는 것이 없고, 기이하고 평범하며 귀하고 천한 온갖 꽃을 다 갖추었다 평했다.

꽃 가꾸기를 제외한 백화암 생활은 단조로우리만큼 평온했다. 낮에는 적막한 집에서 낮잠을 즐기고, 달밤엔 달빛을 벗 삼아 거문고 뜯고 책 읽으며 길고 긴 밤을 지새웠다. 근심 없이 강물 위에 떠 있는 갈매기, 곱게 단장이라도 하려는 듯 수면에 그림자를 드리운 청산, 비온 뒤 빨라진 물살, 울타리 저편 가을 들판을 바라보았다. 이런 풍경 속에서 그는 시름없이 옛 역사책을 읽었고, 대숲 그림자와 솔바람 소리에 낮잠이 드는 것이 일상이었다.

유박은 자신이 세상의 어지러움을 피해 은거했으며 '남들이 거들떠보지 않아도 홀로 꽃 속에서 세월 가는 줄 모르고 즐거워했다'고 말했다. 그는 유독 꽃에 대해서는 바깥의 명성에 상당히 집착했던 듯하다. 유박은 한때의 이름 있는 문인들에게 굳이 백화암에 붙일 시문을 청했다. 앞서 말한 여러 글이 그 결과물이다. 유박은 이렇게 받은 시문과 서화를 방과 마루에 두루 붙여놓고 감상했던 것으로 보인다. 백 가지 꽃에 어우러지는 백 사람의 시문을 구비해 집 안팎을 꾸미려 했던 듯하다.

외국에서 새로운 화훼가 들어왔다는 소식을 들으면 없는 살림에도 어떻게든 구하려 애썼다. 유박은 육신의 고단함은 물론 경제적 여건까지 무시해가며 일생 꽃에 파묻혀 살았다. 사람들은 꽃 속에 묻혀 사는 그를 보며 신선이 따로 없다고 부러워했고, 이웃 사람들은 백화암을 별세계처럼 신기하게 바라봤다.

유박에게 백화암은 불가항력으로 자신의 앞을 막아선 우울한 현실을 잊기 위한 정신적 도피처이자 젊은 시절의 넘치는 정열을 쏟을 수 있는 유일한 분출구였다. 미약하게나마 세상에 이름을 알릴 수 있었던 통로이기도 했다. 동시에 결코 완전할 수 없었던 미완의 이상향은 아니었을까?

4

조선 후기의 원예문화는 좀 더 깊이 있게 천착해볼 필요가 있다. 이 시기 쏟아져 나오는 각종 화원기花園記들은 당시 문인들의 원림園林 경영이 하나의 유행처럼 번져간 사정을 잘 보여준다.

화훼를 가꾸고 정원을 꾸미는 것은 이 시기 문인지식층의 아취雅趣였다. 원예는 경제적 여유가 있어야 하지만, 이것만 가지고는 충분치 않은 취미다. 이는 완물상지玩物喪志(아끼고 좋아하는 사물에 정신이 팔려 뜻을 빼앗김)로 간주하여 업신여기던 사물에 대한 관심이 격물치지格物致知(사물의 이치를 연구하여 앎의 상태에 도달함)의 지위로 격상되는 인식 변화와 궤를 같이한다. 내면으로 향하던 구심적 사고가 바깥 세계로 방향을 바꾸어 원심적 사고로 변화한 것이다. 이런 경향을 잘 보여주는 대표적 저작 가운데 하나가《화암수록》이다.

유박은 〈화목구등품제〉에서 당시 중국에서 수입해온 관상목을 중시해 매화와 국화를 낮은 등급으로 낮춰 보는 현상을 개탄하며, 강희안이 제시한 화목구품에 대한 논의에 우리나라에 없는 화훼나, 있더라도 실제와는 다른 것이 포함되어 있어 이를 바로잡기 위해 자신이 새롭게 등급을 구성했음을 밝혔다.

〈화품평론花品評論〉은 여덟 자 또는 네 자로 여러 꽃에 대한 평을 남긴 흥미로운 작업이다. 모두 22종의 꽃에 평론을 달았다. 꽃이 주는 느낌을 사람에 견주어 비유했다. 특히 옥잠화를 영리한 사미승 같다 했고, 전추사를 문 열어주는 동자로 비유했으며, 석죽, 즉 패랭이꽃을 울지 않는 어린아이에 견주었는데 모두 재치 있는 평이다.

〈화개월령〉에는 꽃이 피고 지는 시기를 적어놓았다. 예를 들어 매화는 11~2월, 전추사는 7~10월, 무궁화는 6~7월 등으로 정리했다. 유박은 우리나라의 절기가 일정치 않아서 개화 시기를 법식으로 정하기는 어렵다고 했다. 그럼에도 이러한 규칙으로 밝혀둔 이유는 시기에 따라 꽃이 피고 지는 것은 오직 주인이 어떻게 하느냐에 달린 것임을 알리기 위해서였다고 강조했다.《화암수록》이전의 화훼서에서 월별로 구분하는 정리법은 찾아볼 수가 없다.

〈화암만어〉는 단 3단락의 짧은 소품문이다. 청언풍淸言風의 짤막한 글로 백화암에서 보내는 일상을 잘 그려냈다. 이 밖에 《화암수록》의 자료 가치를 높여주는 것 가운데 하나가 연작 시조인 〈화암구곡〉(9수)과 시조 〈매농곡〉(1수) 그리고 우리말로 적은 〈촌구〉(1수)이다. 원예를 소재로 한 유일한 연작 시조인 까닭이다. 하지만 앞서도 말했듯이 심재완 선생의 《교본역대시조전서》를 비롯해 대부분의 시조사전류에 송타의 작품이라고 적혀 있어 교정이 시급하다.

유박은 여러 꽃 중에서도 특히 매화를 아꼈다. 〈매설〉과 〈매농곡〉 그리고 매화에 관한 시 수십 수를 남겼다. 〈매설〉은 꿈에 매화의 정령과 만난 일을 적은 작품이다. 매화의 입을 빌려 세상이 등한시하는 버린 땅에서 속된 무리와 멀리 떨어져 지내며 타고난 성질을 지켜가자고 다짐하고 있다. 하지만 그는 세속의 명예에 대한 집착에서 자유롭지 못했다. 알아주는 이도, 이룬 것도 없이 꽃 속에서 늙어가는 자신의 삶을 연민한 흔적은 여기저기서 발견된다.

이 책에는 오언절구 30수, 칠언절구 34수, 오언율시 20수, 칠언율시 33수, 오언배율 1수 등 모두 118수의 한시가 실려 있다. 화훼를 노래한 시가 많고, 특별히 매화를 읊은 작품이 압도적으로 많다. 이 밖에 가까운 벗들과 교유하고 왕래한 일을 보여주는 시문들이 적지 않다. 시적 역량은 그다지 높지 않았던 듯하니, 운자에 무리하게 맞추느라 의미를 파악하기 까다로운 부분이 많다.

이상 간략하게 《화암수록》의 편제와 내용을 일별해보았다. 유박의 《화암수록》은 강희안의 《양화소록》과 함께 우리나라 화훼문화, 나아가 원예문화사에서 특기할 만한 저작이다.

5

《화암수록》은 조선 초기 강희안의《양화소록》과는 300여 년의 간극이 있다. 이로써 조선 원예문화사를 통시적 안목으로 점검할 수 있는 준거가 마련되었다. 화훼문화사의 특기할 만한 두 저작인 강희안의《양화소록》과 유박의《화암수록》은 어떠한 차이가 있을까?

《양화소록》은 1474년에 출간된 조선 최초의 전문화훼서다. 이전에도 관련 지식을 짤막하게 다룬 책들은 있었다. 하지만 조선에서 화훼와 재배 기술까지 본격적으로 다룬 서적은 이 책이 처음이다. 이 책은 상당 부분 중국 문헌에서 얻은 정보에 의존하고 있다. 이와 함께 당시 원예 종사자에게 직접 들은 재배법이나 지은이인 강희안 자신이 꽃을 키우면서 터득한 것들도 기술했다. 그는 중국 문헌을 참조한 부분과 자신이 직접 서술한 부분을 따로 편집하여 조선만의 원예 기술을 담아냈다.

이후 출판된 조선의 원예서는 대부분《양화소록》을 직접 참고하거나 이 책을 언급하고 있다. 유박의《화암수록》도 마찬가지다. 여기서 특기할 만한 점은《양화소록》이후 한동안 주목할 만한 원예서가 조선에 등장하지 않았다는 것이다.

17~18세기에 들어서며 허목의《석록초목지石鹿草木誌》를 비롯해 홍만선의《산림경제山林經濟》, 유중림의《증보산림경제增補山林經濟》, 신경준의《순원화훼잡설淳園花卉雜說》등이 나왔다. 이는 중국에서 백과전서적 지식이 쏟아져 들어온 가운데 일상의 소소한 사물들에 대한 관심이 높아지면서 원예문화에 대한 관심도 덩달아 많아진 18세기의 변모된 환경을 반영한다.

강희안은 왕실의 외척이었고, 시·글씨·그림에 뛰어나 삼절三絶로 일컬어졌다. 그는 영달을 구하거나 세상에 알려지기를 원치 않았다. 《양화소록》은 저자의 화훼에 대한 극진한 취미에서 탄생했다. 《양화소록》에 등장하는 식물들은 그가 직접 재배했던 것들이다.

《양화소록》은 부록에 실린 2종을 포함해서 모두 18종의 화훼와 여덟 가지의 재배 기술을 실었다. 이중 '꽃에서 찾아야 할 것[取花卉法]'을 보면, "대개 화훼를 재배할 때는 그저 심지心志를 확충하고 덕성德性을 함양하고자 할 뿐이다. 운치와 절조가 없는 것은 굳이 완상할 필요조차 없다. 울타리나 담장 곁에 되는 대로 심어두고 가까이 해서는 안 된다. 이렇게 가까이 하는 것은 열사와 비루한 사내가 한 방에 섞여 있는 것과 같아 풍격이 바로 손상된다"라고 했다. 이어 '꽃을 키우는 뜻[養花解]'에서도 "사물을 살펴 자신을 반성하고 지식이 지극해야 뜻이 성실해진다[觀物省身, 知至意誠]"라고 하며 비슷한 맥락의 이야기를 했다. 또한 각 화훼에 대한 재배법을 설명한 후에는 이들을 재배하면서 느낀 세상의 이치를 함께 담았다. 그래서 《양화소록》을 화훼서, 원예서가 아닌 강희안의 정치와 경륜을 담은 서적이라고 평가하기도 한다.

강희안은 책 마무리에 "풀 한 포기 나무 한 그루의 미물이라도 이치를 탐구해 근원으로 들어가면 지식이 미치지 않음이 없다"라고 하여 꽃 기르는 것을 '관물찰리觀物察理' 즉 사물을 관찰하여 이치를 살피는 공부의 반열에 올린다. 화훼 취미를 '완물상지'라며 부정적으로 인식하는 분위기가 팽배한 가운데, 화훼 재배를 통해 사물에 깃든 이치를 살피고 마음을 수양한다는 소신을 거듭 밝힌 것이다.

18세기로 접어들면 인식이 바뀐다. 조선 사회의 물적 토대가 변화하는 가운데 비난 받을까 쉬쉬하며 몰래 즐기던 일상의 취미와 기호들이 학문적 영역으로 들어오게 되었다. 책을 뒤져 정리하고, 눈앞의 사물을 관찰하며, 이것과 저것을 연관 짓는 유비적類比的 사고가 매우 일상적이고 유쾌한 지적 활동의 일환으로 가치를 인정받기 시작했다. 이러한 변화는 서적 기술 방식에도 변화를 가져왔다. 우선 관심 있는 사물이 생기면 관련 자료를 샅샅이 뒤져 꼼꼼히 정리한 뒤 정보를 계통화하여 절목을 세세히 나눠 집필하는 방식이 유행했다.

유박은 〈화목구등품제〉의 서문에서 사람들이 외래종이나 조정에 바치는 품종만을 귀하게 여기고, 멋대로 훌륭한 꽃과 보통의 꽃을 나란히 둔다며 당시 화훼문화의 '병폐'를 지적했다. 그리하여 옛사람이 정한 9품을 가늠하여 보태고 빼서 새롭게 9등을 정한다고 했다. 유박이 말한 옛사람의 9품은 〈부강인재화목구품附姜仁齋花木九品〉, 즉 강희안이 정한 '화목구품'이다. 유박은 〈화목구등품제〉 뒤에 강희안의 화목구품과 자신의 〈화암구등〉을 차례로 수록했다. 강희안의 권위를 빌리면서 자신이 새롭게 조정한 화목품제를 강조하기 위한 의도로 보인다.

사실 강희안의 화목구품은 《화암수록》에만 실려 있고 《양화소록》에 수록되지 않은 화목 품종이 많아, 〈부강인재화목구품〉이 실제로 강희안의 품제임을 단정할 근거를 찾기 어렵다. 유박이 강희안의 화목구품을 어디서 얻었는지도 분명치 않다. 그러나 그가 이를 강희안의 화목품제라고 믿고 참조한 것은 분명하다.

한편 책 속에 수록된 안습제와 주고받은 두 통의 편지도 흥미롭다. 이 편지는 유박이 《화암수록》을 완성하는 과정에서 활발한 토론과 의견 수렴 과정을 거쳤음을 잘 보여준다. 두 사람은 토산종이 아닌 일부 화훼는 높은 순위에 올리고 무궁화와 같은 토산종을 배제한 것에 대해 의견을 주고받았고, 합리적인 의견 수렴 과정을 거쳐 원고에 반영했던 것으로 보인다.

문헌에 기록된 꽃 이름이 중국과 조선에서 서로 다른 점에 대한 토론도 진행되었다. 특별히 해당과 산당의 정체성을 둘러싼 논의가 그러하다. 두 사람은 이러한 토론 과정을 기록으로 남겼고, 유박은 이를 자신의 저술에 적극 반영했다.

편지에서 안습제가 무궁화를 목록에 포함해야 한다고 강조한 것은 주목을 요한다. 무궁화는 단군이 나라를 열 때부터 있던 꽃으로, 중국에서 예로부터 한국을 무궁화 피는 땅, 즉 근역槿域이라 불렀을 만큼 역사와 의미가 깊다고 했다. 근대 시기 무궁화가 나라꽃으로 인식되는 배경을 이해하게 해주는 거의 유일한 기록이다.

이상 간략하게 《화암수록》의 편제와 내용을 살펴보았다. 유박의 《화암수록》은 강희안의 《양화소록》과 함께 우리나라 화훼문화, 나아가 원예문화사에서 특기할 만한 저작이다. 두 자료의 비교 검토를 통해 원예학 방면의 논의가 더 섬세히 이루어져야 할 것이다.

1부

화목구등품제

근래에 여러 공자와 도위都尉의 저택에서는 소철과 배나무, 종려를 앞다투어 아낀다. 먼 곳에서 나는 것을 사모하고, 조정에 바치는 것을 으뜸으로 친다. 그러면서 멋대로 매화나 국화를 그 아래 등급에 두어 마침내 보통 사람과 훌륭한 선비를 나란히 세워둔 꼴이 되었다. 그럴진대 지금 화림花林에서 지위의 차례를 정하는 일은 엄격하게 하지 않을 수 없다. 사앵絲櫻은 아직까지 바다를 건너오지 않았고, 난초와 지초, 여지荔芰는 우리나라에서 일컫는 것이 진짜가 아니므로 모두 여기에 싣지 않는다. 화목의 품제는 옛 사람이 이미 9품을 논하여 정한 바가 있다.

이제 이를 가늠하여 보태고 빼서 9등급으로 서술하고, 매 등마다 다섯 종씩 두는 것을 원칙으로 삼았다. 1등은 고상한 품격과 빼어난 운치를 취하였고, 2등은 부귀함을 취하였다. 3, 4등은 운치를 취하고, 5, 6등은 번화함을 취하였다. 7, 8, 9등은 저마다 장점을 취하였을 뿐이다.

증단백曾端伯[1]은 열 가지 꽃을 벗으로 취하였는데, 나 또한 스물다섯 가지 꽃을 벗으로 취하고 이와 함께 소나무·대나무·파초를 벗으로 삼아 이를 합쳐 스물여덟 가지의 벗을 두었다. 하지만 임의로 일부 항목을 바꾸었다.

화품평론은 옛 사람도 미처 하지 못한 것인데, 내가 이제 외람되이 스물두 가지의 꽃을 평하였다. 혹 여덟 자로 평하고, 혹 네 글자로 평하였으니, 후인들에게 한 차례 웃음을 주려는 것일 뿐이다.

소철과 사앵은 일본산이고, 화리와 종려는 중국산이다.

---

1 송대宋代의 문인 증조曾慥를 이른다. 단백端伯은 자字이며 호號는 지유자至遊子이다. 복건성 진강 출신으로 직보문각, 태부경경 등을 역임하였다. 말년에는 산에 은거하며 도가道家의 수련에 힘썼다고 한다. 증단백은 열 가지의 꽃을 벗삼아 각기 별명을 붙이고는 '십우十友'라고 이른 바 있다. 유박은 《화암수록》에 〈스물여덟 가지 벗의 총목록〉을 수록하고 이어 〈증단백의 열 가지 벗을 붙이다〉라는 제목으로 해당 내용을 함께 실었다.

1등 고상한 품격과 빼어난 운치를 취하였다.

매화 모두 21품종이다.

◎ 춘매春梅, 즉 봄에 피는 매화는 고우古友, 곧 예스런 벗으로 삼고, 납매臘梅, 즉 섣달에 피는 매화는 기우奇友, 곧 기이한 벗으로 삼는다.

◎ 푸른 이끼〔蒼蘚〕, 이끼 수염〔苔鬚〕.

◎ 녹악분단엽綠萼粉單葉, 즉 초록 꽃받침에 흰 홑꽃이 고매古梅에 어울린다. 도수백倒垂白, 다시 말해 아래쪽으로 늘어진 흰 꽃 또한 땅에 심기에 적합하다. 천엽황백홍千葉黃白紅, 곧 겹꽃의 황색, 백색, 붉은색 꽃은 자태가 속되므로 이미 매화가 아니다. 매화는 운치가 빼어나고 격조가 고상하며, 가지가 옆으로 비스듬히 기울고 성글며 비쩍 마르고 해묵어 기괴한 것을 귀하게 친다.

◎ 매화는 천하의 매력적인 물건〔尤物〕이니, 지혜로운 사람이나 어리석은 자, 어질고 못난 이 할 것 없이 아무도 여기에 이의를 달지 않는다. 원예를 배우는 사람은 반드시 매화를 가장 먼저 심는데, 숫자가 많아도 싫어하지 않는다.

◎ 소동파蘇東坡는 매화를 '빙혼옥골氷魂玉骨', 즉 얼음 같은 넋과 옥 같은 뼈라고 일컬었다.[2]

◎ 고매는 가지가 구불구불 굽고 파란 이끼가 끼며, 비늘 같은 주름이 몸통을 가득 덮는다. 또 이끼 수염이 가지 사이에 드리운다. 중

엽매重葉梅는 꽃봉오리가 몹시 풍성하고 겹꽃이 여러 층으로 성대하게 피어 마치 작은 백련白蓮과 같다. 열매는 쌍으로 달린 것이 많다. 일반적으로 매화의 꽃받침은 대부분 붉거나 자주색인데 반해, 녹악매綠萼梅만은 초록색이고, 가지와 줄기도 푸르다. 홍매紅梅는 분홍색인데 품격은 매화지만 번화하고 촘촘하기는 살구나무와 같고 향기 또한 비슷하다. 천엽황백홍은 열매가 쌍으로 달린 것이 많으니, 이는《매보梅譜》[3]에서 말하는 중엽매와 원앙매鴛鴦梅이다.

◎ 언제부터 매화를 접붙이기 시작하였는지는 알 수 없다. 다만 매화는 접을 붙여야만 매화이다. 그래서 옛날에 '매梅'라고 하면 단지 매실만을 일컬었다. 나의 벗 안사형安士亨[4]의 생각도 이와 같다.

◎ 보관할 때는 따뜻하게 해야 하며 물에 적셔 마르지 않도록 한다.

---

2 소동파는 북송北宋의 문인 소식蘇軾을 이른다. 동파는 호이다. '빙혼옥골'이라는 표현은 그가 매화를 노래한 시에서 "나부산 아래 있는 매화촌에선 흰 눈은 뼈가 되고 얼음은 넋이 되네[羅浮山下梅花村, 玉雪爲骨冰爲魂]"라고 한 데서 유래하였다.

3 남송南宋의 범성대范成大가 지은《범촌매보范村梅譜》를 가리킨다.

4 본명은 안습제로 사형은 자이다. 호는 심수재心水齋이다. 본관은 순흥으로 황해도 배천에 살았다. 유박보다 3세 연하로 1733년(영조 9년)에 태어나 1774년(영조 50년) 진사시에 합격하였다. 유박과 수십 수의 시문을 주고받으며《화암수록》저술에 직접 관여할 만큼 유박의 여러 벗들 중 특히나 가까운 사이였던 것으로 보인다.《화암수록》을 살펴보면 그의 맏형 안우제安羽濟 또한 유박과 친밀한 관계를 맺고 있었음을 확인할 수 있다. 특히 이들 형제는 순조 연간에 영의정을 지낸 노론 벽파 계열의 서매수徐邁修와 이종사촌 간이며, 노론계 문인인 삽교雪橋 안석경安錫儆이 이들의 재종숙으로, 노론 집안 출신임이 분명하다. 그럼에도 광해군의 외척으로 인조반정 당시 멸문을 당한 소북 집안 출신의 유박은 물론이고 배천 지역의 남인 계열 인사들과도 가문의 당색에 상관없이 자유롭게 교유하였던 것으로 보인다.

국화 황색이 54품종, 흰색이 32품종, 붉은색이 41품종, 자주색이 27품종이다.

◎ 빼어난 벗(逸友).

◎ 성품을 길러주는 좋은 약으로, 수명을 연장시키고 몸을 가뜬하게 한다.

◎ 금원황禁苑黃과 취양비醉楊妃, 황학령黃鶴翎과 백학령白鶴翎[5]을 으뜸으로 삼는다.

◎ 종회鍾會[6]는 〈국화부菊花賦〉에서 이렇게 말하였다. "국화는 다섯 가지 아름다움을 갖추고 있다. 높게 달린 둥근 꽃은 하늘의 지극함을, 순수한 황색은 후토后土[7]의 빛깔을, 일찍 심어 늦게 꽃을 피움은 군자의 덕을 나타낸다. 또 서리를 맞고 나서 꽃을 피움은 군세고 곧음을 보여준다. 국화주는 몸을 가볍게 하니 신선의 음식이다."

◎ 4월 8일 이전부터 그믐이 되기 전에 반드시 새 뿌리를 취하여 나누어 심고, 5월이 가기 전에 옮겨 심는다.

◎ 습기를 싫어하므로 물은 조금만 주면 된다. 국화를 기를 때 처음에는 누에 똥물을 네댓 번 주고, 그다음에는 닭털을 담가 우린 물을 대여섯 차례 준다. 장맛비가 올 때는 오래 묵힌 소변을 두세 번 준다. 온종일 볕에 노출되는 것을 꺼린다. 댓가지로 붙들어주면 길고 크게 자란다.

---

5 황학령과 백학령은 18세기 당시 국화를 기르는 사람들 사이에서 특별히 유행하였던 국화 품종이다. 조선 후기 학자 기정진奇正鎭은 《노사집蘆沙集》에서 "근래에 서울에서 화분에 국화를 심는 일이 성행하는데, 누런 것을 황학령이라 하고, 흰 것을 백학령이라 하여 더욱 인기가 높았다(近時, 洛中花盆種菊, 甚盛. 有黃者曰黃鶴翎, 白者曰白鶴翎, 尤擅名勝)"라고 하였다.
6 삼국 시대 위나라의 장수로 자는 사계士季이다. 종요의 아들로 사마사와 사마소를 섬겼고, 사마소의 군사軍師로 총애를 받았다. 뒤에 반란을 일으켰다가 내부의 분열로 부하에게 죽임을 당하였다.
7 토지신土神을 이르는 말로 대지의 존칭으로도 쓴다.

연꽃 22품종이다.

◦ 깨끗한 벗〔淨友〕.

◦ 속은 비었고 겉은 곧다. 멀수록 향기가 더욱 맑다.[8]

◦ 전당錢塘[9]의 홍백련이 가장 귀하다. 보통의 연은 꽃이 늦게 피고 빨리 시들며 향기 또한 멀리 가지 않는다.

◦ 붉은 꽃과 흰 꽃을 한 연못에 함께 심으면 안 된다. 붉은 꽃이 성하면 흰 꽃이 반드시 시들기 때문이다.[10] 연못의 구역을 갈라 나눠 심고 쇠똥으로 거름을 주어, 입하立夏 2~3일 전에 연뿌리를 파내 마디의 머리 부분을 따고 진흙을 붙여 심으면 그해에 바로 꽃이 핀다. 모종할 때는 겉뿌리를 다 제거해서 연뿌리가 얽히게 해서는 안 된다.[11] 뒤얽히면 꽃이 피지 않기 때문이다. 5월 20일에 연을 옮겨 심을 때 잎자루가 긴 것은 대나무 가지로 붙들어주면 다 잘 산다.

◦ 연꽃은 오동기름과 칡뿌리를 제일 싫어한다.

---

8 북송의 유학자 주돈이周敦頤가 지은 〈애련설愛蓮說〉에서 따온 말이다. 주돈이는 자가 무숙茂叔이고 호는 염계濂溪이다. 호남성 출신으로 합주판관, 광동전운판관 등을 역임하였다. 《태극도설太極圖說》, 《통서通書》 등을 지어 성리학의 기초를 마련하였다. 만년에는 여산廬山 기슭에 염계서당濂溪書堂을 짓고 이곳에 은거하였다. 그는 〈애련설〉에서 국화를 은일자隱逸者, 모란은 부귀자富貴者, 연꽃은 군자君子로 칭하고는 그중 군자의 덕성을 지닌 연꽃을 가장 사랑한다고 하였다.

9 오늘날 중국 절강성 항주부의 전당현을 이른다. 항주 지역 전체를 지칭하는 말로도 쓰인다.

10 강희안의 《양화소록》에서는 이와 반대로 "흰 꽃이 성하면 붉은 꽃이 반드시 시든다〔白盛則紅必殘〕"라고 하였다.

11 《양화소록》에서는 뿌리가 아니라 "줄기가 뒤얽히면 안 된다〔勿令荷柄雜擾開〕"라고 하였다.

대나무

◎ 맑은 벗(淸友).

◎ 차군此君[12].

◎ 대나무는 품종이 몹시 많은데, 마디의 색깔이 흰 분절粉節과 검은 빛을 띤 오죽烏竹을 가장 귀하게 친다.

◎ 한 마디에 가지가 두 개면 자죽雌竹, 즉 암대나무라 하고, 하나뿐이면 웅죽雄竹, 곧 수대나무라 한다.

◎ 굳세지 않고 부드럽지도 않으며, 풀도 나무도 아니다. 비고 찬 정도가 조금씩 다르나 크게 보아 모두 같다. 모래밭이나 물가에서도 무성하게 자라고, 바위나 땅에서도 솟아난다. 가지가 쭉 뻗어 무성하고, 푸른빛이 빼곡하다.[13]

◎ 차군은 면목이 빼어나다.

◎ 5월 13일은 죽취일竹醉日이다. 2월 2일과 3월 3일은 본명일本命日이라고 한다. 2월에서 5월까지는 십이지 중 진일辰日을 만날 때마다 모두 옮겨 심을 수 있다.[14] 얼굴을 씻은 기름기 있는 물을 뿌리면 바로 말라 죽는다.

◎ 대나무는 서남쪽의 땅을 좋아하므로 동북쪽의 높고 평평하며 물이 없는 곳에 심어야 좋다.[15]

---

12 동진東晉의 명필 왕휘지王徽之의 일화에 기인하는 대나무의 별칭이다. 《진서晉書》〈왕휘지전王徽之傳〉에 따르면 왕휘지는 대나무를 몹시 사랑하여 잠깐 머무는 곳에서도 늘 대나무를 심게 하였다. 누가 이유를 묻자 "어떻게 하루라도 차군이 없이 지낼 수가 있겠는가(何可一日無此君耶)"라고 대답하였다.

13 "굳세지 않고 …… 빼곡하다"는 중국 진晉나라 대개지戴凱之의 《죽보竹譜》에서 인용한 구절이다.

◎ 대나무는 짙은 그늘을 좋아하므로 심은 뒤 보름 동안 해를 못 보게 하면 바로 산다. 7월에 심으면 틀림없이 산다.

◎ 보관할 때는 따뜻하게 하면 안 되고 물을 주어 마르지 않도록 한다.

소나무

◎ 오래된 벗〔老友〕.

◎ 온갖 나무의 우두머리, 창관蒼官의 장부.[16]

◎ 늙은 소나무〔老松〕

◎ 키 작고 가지가 옆으로 퍼진 소나무〔盤松〕.

◎《격물총론格物總論》[17]에서는 이렇게 말하였다. "소나무가 큰 것은

14　조선 후기 실학자인 신경준申景濬은《여암유고旅菴遺稿》〈순원화훼잡설淳園花卉雜說〉에서 "대나무는 계절상 2월 2일과 3월 3일을 좋아하여 이날을 대나무의 본명일이라고 한다. 또 5월 13일을 좋아하니 이날은 죽취일이다. 죽미일이라고도 한다. 또 진일을 좋아하여《학고록》에서는 2월부터 5월까지 진일에는 모두 옮겨 심을 수 있다고 하였다〔竹於時喜二月初二三月初三, 是竹之本命日也. 又喜五月十三, 是竹之醉日也. 又謂之竹迷日. 又喜辰日, 學古錄云, 自二月至五月, 辰日皆可移〕라고 하였다. 죽취일은 혹 8월 8일로 보기도 하는데, 대나무는 옮겨 심기가 까다로우나 죽취일에는 대나무가 술에 취한 듯 정신을 차리지 못하여 옮겨 심어도 잘 살아난다고 한다.

15　조선 후기 실학자 홍만선洪萬選은《산림경제山林經濟》권2〈양화養花〉편에서 "대나무를 심을 때는 높고 평평하며 물이 없는 곳이 좋고, 황백색의 부드러운 흙이 적당하다. 대나무는 서남쪽을 향하여 뿌리 뻗는 것을 좋아한다. 서남쪽의 뿌리와 줄기를 잘라내어 정원의 동북쪽 모서리에다 심는다〔種竹宜高平無水處, 黃白軟土爲良. 竹性喜向西南引根, 斲取西南根幷莖, 於園中東北角種之〕라고 하였다.

16　남송의 학자 축목祝穆은《고금사문유취후집古今事文類聚後集》권23〈임목부林木部〉에서《사기史記》와〈번종사원정기樊宗師園亭記〉를 인용하여 "송백은 온갖 나무의 우두머리이고 궁궐을 지킨다. 백은 창관이라 한다〔松柏爲百木之長而守宮閭, 柏曰蒼官〕라고 하였다. 이때 창관은 푸른 빛깔의 나무 중에 높은 지위를 차지한다는 의미이다.

높이가 10여 길이나 된다. 울퉁불퉁 마디가 많이 지고 껍질은 몹시 거칠고 두꺼워서 마치 용의 비늘과 같다. 서린 뿌리와 구부러진 가지는 사철 내내 푸르러 가지와 잎의 빛깔을 바꾸지 않는다."

◎ 바늘잎이 셋인 것은 괄자송栝子松이고, 바늘잎이 다섯인 것은 숭자송崧子松이다.[18]

◎ 큰 소나무가 천 년을 살면 정기가 푸른 소[靑牛][19]로 변하고 엎드린 거북[伏龜][20]이 되기도 한다.

◎ 부재符載[21]는 《식송론植松論》[22]에서 이렇게 말하였다. "이슬[沆瀣]

---

17 송대의 학자 사유신謝維新이 편찬한 《고금합벽사류비요古今合璧事類備要》를 가리킨다. 이 책에서는 각각의 사물을 하나하나 설명하면서 서두에 '격물총론'을 두었는데, 후대의 문헌에는 본래의 서명이 아닌 '격물총론'이라는 이름으로 인용한 예가 많다. (이종묵 역해, 《양화소록》, 아카넷, 2012, 34쪽)

18 《화암수록》 원문에는 '栝子松'과 '山松子松'으로 되어 있으나 《산당고색山堂考索》을 비롯한 다수의 중국 문헌에는 '栝子松'과 '崧子松'으로 쓰여 있다. 후자에 의거하여 '괄자송'과 '숭자송'으로 번역하였다. 한편 《양화소록》에는 '栝子松'과 '山子松'으로 되어 있으며, 《흠정속통지欽定續通志》, 《시전명물집람詩傳名物集覽》에는 '栝子松'과 '松子松'으로 쓰여 있기도 하다.

19 노자老子가 함곡관을 지나 서역으로 들어갈 때 탔던 푸른 소를 이른다.

20 소나무 아래 고개를 숙이고 엎드려 있다는 신묘한 거북을 이른다. 중국 전한前漢 시대의 유안劉安은 《회남자淮南子》 권16 〈설산훈說山訓〉에서 "천 년의 소나무 아래에는 복령이 있고, 위에는 토사가 있다. 위에는 총시가 있고, 아래에는 복귀가 있다[千年之松, 下有茯苓, 上有兔絲 上有叢蓍, 下有伏龜]"라고 하였다. 또한 《태평어람太平御覽》 〈송松〉 편에서는 "숭산의 정상에는 큰 소나무가 있다. 혹자는 백 년, 천 년을 살아서 소나무의 정령이 변해 청우가 되고, 혹은 복귀가 된다고 한다. 그 열매를 따서 먹으면 오래 살 수 있다[嵩高上有大松樹, 或百歲千歲, 其精變爲靑牛, 或爲伏龜, 採食其實得長生]"라고 하였다.

21 당나라 촉蜀 땅 사람으로 자는 후지厚之이다. 초년에는 여산에 은거하며 장구학章句學에 힘쓰지 않았다고 한다. 이후 덕종 정원貞元 연간에 이손李巽의 천거로 서천장서기에 임용되었으며, 협율랑과 감찰어사 등을 역임하였다. 특히 시를 잘 지었다고 전한다. 《전당시全唐詩》, 《전당문全唐文》 등에 그가 남긴 시문 몇 편이 수록되어 있다. (임종욱 편저, 《중국역대인명사전》, 이회문화사, 2010)

을 안에 적시고[23] 해와 달의 빛을 밖에다 두른다. 상서로운 봉황이 그 위에서 노닐고, 샘물은 아래서 울며 흐른다.[24] 신령한 바람이 사방에서 일어나면 피리 소리로 뒤덮인다. 뿌리는 황천까지 닿았고[25] 가지는 푸른 하늘을 어루만지니[26] 명당의 기둥이나 큰 건물의 마룻대로 쓸 수 있다.”

◎ 소나무를 심을 때 나무 속의 큰 뿌리를 제거하고 다만 사방의 수염뿌리만 남겨두면 비스듬히 덮개 모양으로 자란다. 반드시 춘사일春社日[27] 이전에 흙을 붙인 채로 뿌리를 옮겨야 한다.

◎ 연기를 두려워한다. 보관할 때는 따뜻하게 하면 안 된다. 사흘에 한 번씩 물을 주되 그늘진 곳에 두지 않는다. 장맛비가 올 때는 뿌리를 덮어주어 습기가 스며들지 않게 한다.

---

22 《화암수록》 원문에는 '植松錄'이라고 되어 있으나 《고금합벽사류비요》, 《산당고색》 등에는 '植松論'이라고 쓰여 있다. 《어정패문재광군방보御製佩文齋廣群芳譜》에는 '植松論'이라고 쓰여 있기도 하다. 다수의 중국 문헌에 의거하여 '식송론'이라 번역하였다.

23 《화암수록》 원문에는 '住於内'라고 되어 있으나 《고금합벽사류비요》, 《산당고색》, 《어정패문재광군방보》 등에는 '注於内'라고 쓰여 있다. 인용 과정에서 발생한 오기로 보아 '注於内'의 의미로 번역하였다.

24 《화암수록》의 압축된 서술과 달리 《고금합벽사류비요》, 《산당고색》, 《어정패문재광군방보》 등에는 "祥鸞嗷嗷戲其上", "流泉湯湯鳴其下"로 보다 상세하게 묘사되어 있다. 이를 참고하여 번역하였다.

25 《화암수록》 원문에는 '根植黄泉'이라고 되어 있으나 《고금합벽사류비요》, 《산당고색》, 《어정패문재광군방보》 등에는 '根實黄泉'이라고 쓰여 있다. 인용 과정에서 발생한 오기로 보아 '根實黄泉'의 의미로 번역하였다.

26 《화암수록》 원문에는 '枝磨青天'이라고 되어 있으나 《고금합벽사류비요》, 《산당고색》, 《어정패문재광군방보》 등에는 '枝摩青天'이라고 쓰여 있다. 인용 과정에서 발생한 오기로 보아 '枝摩青天'의 의미로 번역하였다.

27 입춘 뒤 다섯 번째로 맞이하는 무일戊日로 3월 17일에서 26일경이다. 이날 곡식이 잘 자라기를 기원한다고 한다.

2등 부귀를 취하였다.

모란 정황색이 11품종, 대홍색이 18품종, 도홍색이 27품종이다. 분홍색, 자주색이 26품종, 흰색이 22품종, 청색이 3품종이다.

◎ 열정적인 벗[熱友].

◎ 꽃의 왕[花王].

◎ 황루자黃縷子와 녹호접綠蝴蝶을 상품으로 친다. 아황금사백아黃金絲白과 금사진홍金絲眞紅이 그다음이다. 마간홍馬肝紅은 하품으로 친다. 반드시 땅이 비옥하고 바람을 피할 수 있는 곳에다 심는다. 보통 꽃은 봄에 심어야 마땅하나 모란만은 추사일秋社日[28]을 전후하여 심거나 접붙이는 것이 좋다.

◎ 위자魏紫.

◎ 요황姚黃.[29]

---

28 입추 뒤 다섯 번째로 맞이하는 무일로 9월 18일에서 27일경이다. 이날 한 해 동안의 수확에 감사하는 제사를 지낸다고 한다.

29 위자와 요황은 진귀한 모란의 품종을 일컫는 말이다. 중국 북송의 문인 구양수歐陽修는《낙양모란기洛陽牡丹記》〈요황姚黃〉편에서 "요황은 천 개의 이파리에 황색 꽃이 달리는데 민간의 요씨의 집에서 나온 것이다[姚黃者, 千葉黃花, 出於民姚氏家]…… 위자는 천 개의 이파리에 육홍색 꽃이 달리는데 위나라 재상 인포의 집에서 나온 것이다[魏家花者, 千葉肉紅花, 出於魏相仁浦家]'라고 하였다.

작약 황색이 18품종, 심홍색이 25품종, 분홍색이 17품종, 자주색이 14품종, 흰색이 14품종이다.

◎ 귀한 벗〔貴友〕.

◎ 꽃의 재상〔花相〕.

◎ 금사낙양홍金絲洛陽紅과 천엽백千葉白, 천엽순홍千葉純紅을 귀하게 친다. 가을에 씨를 뿌려야 한다.

◎ 작약은 한번 성이 나면 3년간 꽃을 피우지 않는다. 이럴 때는 똥 물을 주어 분을 풀어주어야 한다.

왜홍

◎ 권세 있는 벗〔勢友〕.

◎ 왜철쭉〔倭躑躅〕과 영산홍은 가지와 잎과 꽃의 빛깔이 대동소이하다. 영산백映山百 또한 귀하다. 중국산 영산홍과 철쭉은 일본산만 못하다.

◎ 우리 세종대왕께서 즉위하신 지 23년(1441) 되던 봄에 일본국에서 철쭉 화분 몇 개를 진상하니 궁궐 안뜰에 두어 씨를 받으라 하셨다. 꽃술이 매우 크고 겹받침에 겹꽃으로, 오래되어도 시들지 않는다.

◎ 가지를 굽혀서 땅에 접붙이기 좋다.

◎ 습기를 싫어한다. 보관할 때는 따뜻하게 하면 안 된다. 물을 주더라도 습해서는 안 된다.

해류

◎ 정다운 벗(情友).

◎《격물총화格物叢話》에서 이렇게 말하였다. "해류는 신라국新羅國
에서 나왔다. 일명 백엽류百葉榴라고도 하고, 속명은 화석류花石榴,
즉 꽃석류이다. 붉은 꽃에 흰 테두리가 둘렸다." 꽃잎이 몹시 많아
피고 지면서 30여 일을 간다. 다만 이슬만 받게 해야지 비를 맞거
나 햇빛을 쐬게 해서는 안 된다. 햇빛을 쐬면 빛깔이 엷어지고 비
를 맞으면 꽃잎이 썩는다.

◎ 가지와 잎은 석류와 차이가 없지만 열매가 달리지는 않는다.

파초

◎ 우러르는 벗(仰友).

◎ 풀의 왕(草王)

◎ 녹천암綠天菴.

◎ 땅에 심는데 3년을 묵혀두어야 꽃이 핀다고 한다.

◎ 보관할 때는 따뜻하게 해야 하며 땅을 파고 거꾸로 둔다.

◎ 물을 주어 마르지 않게 한다.

3등 운치를 취하였다.

치자

◎ 선미禪味가 있는 벗[禪友].

◎ 담복薝蔔[30].

◎ 월도越桃[31].

◎ 대부분의 꽃은 꽃잎이 여섯 개가 안 되는데 치자꽃은 여섯 개다.[32]

◎ 《유마경維摩經》에서 말하였다. "오직 담복의 향기뿐이요 다른 꽃의 향기는 맡을 수가 없다."[33]

---

30 치자의 별칭이다. 범어梵語 'Campaka'를 음역한 것이다. 그 뜻을 풀이해서 욱금화郁金花라고도 한다. 《양화소록》에서는 《화훼명품花卉名品》이라는 문헌을 인용하며 "치자는 또 담복이라고도 하는데 촉 땅에는 붉은 치자꽃도 있다[梔子又名薝蔔, 蜀有紅梔花]"라고 하였다. 다만 《화훼명품》이라는 책은 그 소재가 확인되지 않는다. (이종묵 역해, 《양화소록》, 아카넷, 2012, 259쪽) 대신 다양한 중국 문헌에서 치자에 대한 기록을 확인할 수 있다. 남송의 정초鄭樵는 《통지通志》에서 치자를 "서역에서는 담복화라고 이른다[西域謂之薝蔔花]"라고 하였으며, 증조曾慥는 《유설類說》에서 "치자는 서역의 담복화다[卽西域薝蔔花也]"라고 하였다. 또한 진경기陳景沂는 《전방비조집全芳備祖集》에서 담복화에 관해 언급한 문헌들을 인용하며 담복은 "일명 치자라 한다[一名梔子]", "담복은 치자화이다[薝蔔梔子花也]"라고 하였다. 명대明代 서응추徐應秋도 《옥지당담회玉芝堂談薈》에서 "치자는 불서에서 이른바 담복이다[梔子卽佛書所謂薝蔔]"라고 하였다.

31 송대의 의약학자 당신미唐愼微는 《증류본초證類本草》에서 치자에 대해 "일명 목단, 일명 월도라 한다[一名木丹, 一名越桃]"라고 하였다.

32 당나라의 학자 단성식段成式은 《유양잡조酉陽雜俎》에서 치자에 대해 "대부분의 꽃은 꽃잎이 여섯 개가 안 되는데 치자꽃은 여섯 개다[諸花少六出, 唯梔子花六出]"라고 하였다.

33 《유마힐소설경維摩詰所說經》에서는 "담복나무 숲으로 들어가면 오직 담복의 향기뿐이요, 다른 꽃의 향기는 맡을 수가 없다[如人入薝蔔林, 唯聞薝蔔, 不齅餘香]"라고 하였다.

◎ 치자는 네 가지 훌륭한 점이 있다. 꽃 빛깔이 희고 기름진 것이 첫째요, 꽃향기가 맑고 짙은 것이 둘째며, 겨울철에도 잎의 빛깔이 바뀌지 않는 것이 셋째고, 열매로 누런색 물을 들이는 것이 넷째이다.

◎ 9월에 열매를 채취하여 볕에 말린다.[34]

◎ 소가 치자의 가지와 잎을 먹으면 반드시 죽는다. 등불 기름이 한 방울만 떨어져도 치자는 살지 못한다.

◎ 촉 땅에는 꽃이 붉은 치자가 있다.[35]

◎ 보관할 때 온도를 알맞게 맞추기가 가장 어렵다.

◎ 물을 주어 마르지 않게 한다.

동백

◎ 신선 같은 벗〔仙友〕.

◎ 산의 차〔山茶〕.

◎ 홑꽃으로 눈 속에 피는 것이 동백이니, 화보花譜[36]에서 말하는 일념홍一捻紅이다. 봄에 처음 피는 꽃은 춘백春栢으로 화보에서 말

---

34 송대의 의약학자 당신미는 《증류본초》에서 치자에 대해 "9월에 열매를 채취하여 볕에 말린다〔九月採實, 暴乾〕"라고 하였다.

35 《십국춘추十國春秋》에 따르면 후촉後蜀의 왕 맹지상孟知祥이 "음력 10월 겨울에 붉은 치자꽃을 감상하고자 방림원에서 백관에게 큰 연회를 베풀었다〔冬十月, 賞紅梔花于芳林苑, 大宴百官〕"라며 이어서 "이 꽃은 본래 청성산의 한 노인이 바친 것으로 처음에는 붉은 치자 씨앗 세 개를 올렸으나 이를 심어 숲을 이루었다. 그 꽃은 흠뻑 붉은 꽃잎이 여섯 개가 나며, 맑은 향기는 매화와 같아서 당시에 대단히 소중히 여겼다〔花本靑城山叟所貢, 初進紅梔子三粒, 種之成樹. 其花爛紅六出, 淸香如梅, 當時最重之〕"라고 하였다.

36 《양화소록》에서는 이 문구의 출처를 '화보'가 아닌 '격물론格物論'이라 하였다.

하는 궁분다宮粉茶이다. 천엽금사千葉金絲의 보주다寶珠茶가 가장
귀하다.

◎ 가지나 잎이 다른 물건과 닿게 해서는 안 되고, 불기운과 가까워
도 안 된다.

◎ 동백 잎은 먼지가 잘 앉으므로,[37] 면포로 깨끗이 닦아주어 광이 나
도록 해야 한다.

◎ 춥고 따뜻하기가 적당해야 한다. 물을 주되 푹 적시면 안 되고 너
무 마르게 두어도 안 된다.

◎ 해를 두려워하므로 강한 볕을 쬐어서는 안 된다.

사계　당시唐詩에 이르기를 "삼천三川 눈에 계곡물 불어나더니, 정원에 사계화가 피어났구나"
라고 하였다.[38] 그렇다면 '사계'가 틀림없이 본래 이름일 텐데, 당·송의 시인들 중에 이 꽃을 노래
한 사람이 드물어서 본래 이름이 널리 전해지지 못한 것일까?

◎ 운치 있는 벗〔韻友〕.

◎ 붉은 꽃과 흰 꽃, 두 종류가 있다. 꽃이 흰 것이 운치가 더 빼어나
다. 꽃이 네 계절의 그믐에 피어서 이름을 사계라 한다. 그믐에 맞
춰 꽃이 피는데 빛깔이 엷은 것은 월계화月季花 혹은 월월홍月月紅

37　《화암수록》원문에는 '茶葉喜塵埃'라고 되어 있으나《양화소록》에서는 여기에 '着'자를 더해 '茶葉
喜着塵埃'라 하였다. 이를 참조하여 번역한다.

38　당나라의 시인 주요周繇는 시〈송인위검중送人尉黔中〉에서 "산 돌아 몇 역을 가야 하나, 물길로
파 땅을 다시 지나네. 삼천 눈에 계곡물 불어나더니, 정원에 사계화가 피어났구나. 관청 뜰에 백
로 날고, 녹봉은 단사로 청한다. 검 땅 사람 일 마친 후에, 아름다운 경치 찾아 한껏 읊는구나〔盤
山行幾驛, 水路復通巴. 峽漲三川雪, 園開四季花. 公庭飛白鳥, 官俸請丹砂. 知尉黔中後, 高吟採
物華〕'라고 하였다.

이라고 한다.

◎ 햇볕을 많이 쬐면 빛깔이 짙어지고 햇볕을 쬐지 못하면 빛깔이
  엷어진다.

◎ 보관할 때는 너무 따뜻하게 하면 안 되고 계속 물을 주어야 한다.

종려

◎ 누런 꽃과 흰 꽃, 두 종류가 있다. 열매는 꿀처럼 달고 모양은 생
  선알 같다. 목어木魚라고도 하고 엽규鬣葵라고도 한다.

만년송

◎ 속칭 노송老松이라 한다. 줄기가 휘고 굽어, 붉은 뱀이 숲을 기어
  오르는 모양을 한 나무가 상품上品이다. 잎이 희고 가시가 있는
  것은 하품下品이다.[39]

◎ 성질이 추위를 잘 견디므로 괴석 위에 심기가 좋다.

◎ 물을 계속 주어야 하고 나무 그늘 밑에 두면 안 된다.

---

39 《양화소록》에서도 《화암수록》과 마찬가지로 만년송의 생김새를 붉은 뱀(赤虵)으로 묘사하고, 그
  모습에 따라 가품佳品과 하품下品으로 등급을 나누었다. 《양화소록》의 원문은 다음과 같다. "만
  년송은 반드시 층층의 가지와 푸른 잎이 마치 실이 아래로 드리운 듯하고, 줄기는 구불구불하여
  붉은 이무기가 숲에서 뛰어오르는 듯하며, 향기가 맑고 강한 것이라야 좋다. 잎이 흰빛을 띠고
  가시가 있는 것은 하품이다(萬年松, 須層枝翠葉, 如條絲下垂, 身幹回回, 騰如赤虵, 材香氣淸烈者
  乃佳. 葉白有刺者乃下品)."(이종묵 역해, 《양화소록》, 아카넷, 2012, 59쪽)

4등 똑같이 운치를 취하였다.

화리
◎ 강진향降眞香[40]과 비슷하다. 땅에 심어야 좋다.

소철
◎ 봉미초鳳尾焦라고 하고, 번초番焦라고도 한다.
◎ 건조하여 살기가 어려울 경우, 숯불 위에 놓아두어 불기운을 쐰 쇠못을 등걸 위나 가지 사이에 넣어두면 바로 살아나 순이 뾰족하게 돋아난다.

서향화
◎ 특별한 벗(殊友).
◎ 황색과 자주색, 두 종류가 있다. 자주 물을 주면 안 된다. 마땅히 소변을 주어야 지렁이를 죽일 수 있다.[41]
◎ 한 송이만 피어도 향기가 온 뜨락에 가득하다.

---

40 보라색 꽃이 피어 자등향紫藤香이라고도 한다. 나무의 줄기로 향을 만드는데, 향이 좋고 연기가 곧게 올라가 신神이 잘 강림한다는 속설이 있다.
41 조선 후기 실학자 홍만선의 《산림경제》 권2 〈양화〉 편에서는 "서향화의 뿌리는 단맛이 있어 지렁이가 즐겨 먹으니 의복을 빨래한 잿물이나 소변을 주어 지렁이를 제거한다[瑞香根甜, 蚯蚓喜食, 以洗衣服灰汁及小便澆去蚯蚓]"라고 하였다.

화암수록

◎ 여산에서 처음으로 나왔다.[42]

포도

◎ 초룡草龍.

◎ 흑마유와 자마유 품종이 좋고 청마유는 맛이 달다. 청포도는 맛이 달고 씨는 작다.

◎ 시렁에 올리면 아무리 많아도 줄기가 열 개 이상 생기지 않는다. 씨가 맺힌 뒤에는 똥물을 주면 열매가 잘 달린다.

◎ 시렁은 높게 만들어 바람을 잘 받아야 좋다. 시렁을 만드는 재목으로 소나무는 피해야 한다.

◎ 보관할 때는 따뜻하게 해야 하고 계속 물을 주어야 한다.

귤

◎ 영특한 벗〔雋友〕.

◎ 기운을 내려주고 정신을 통하게 한다. 몸을 가볍게 해 오래 살게 해준다.

◎ 층층의 가지에 가시가 있다.

◎ 소금물을 뿌리에 듬뿍 주고 화분 안에 죽은 쥐를 묻으면 몹시 잘 자란다.

---

42 북송의 문인 도곡陶穀은 《청이록清異錄》에서 "여산의 서향화는 유래가 이렇다. 한 비구가 반석 위에서 낮잠을 자다가 꿈속에서 강렬한 꽃향기를 느꼈다. 이를 뭐라고 이름 붙일지를 몰랐는데 잠에서 깨 향기를 찾아 얻었다. 그래서 이름을 수향으로 붙였다〔廬山瑞香花始緣, 一比丘晝寢磐石上, 夢中聞花香烈酷不可名, 既覺尋香求之, 因名睡香〕"라고 하였다.

◎ 뿌리가 너무 뻗으면 화분 안에 담아두기 어려우므로 해마다 뿌리
  를 잘라주어야 한다.

◎ 심은 지 20여 년이 되어야 열매를 맺는다.

◎ 보관할 때는 온도가 알맞아야 한다.

5등 번화함을 취하였다.

석류

◎ 아리따운 벗〔嬌友〕.

◎ 안석류安石榴.

◎ 왜류倭榴.

◎ 나류羅榴.

◎ 일명 단약丹若이라 한다. 《광아廣雅》에서는 약류若榴라 하였다. 열
매가 흰 것은 수정류水晶榴라 한다.

◎ 꽃은 홍紅·백白·황黃, 세 종류가 있다.

◎ 낮에 물 주는 것을 좋아한다. 석류는 물을 좋아하지만 열매를 맺
을 때는 물을 많이 주면 안 된다.

◎ 보관할 때는 따뜻하게 해야 좋다.

복숭아

◎ 어여쁜 벗〔夭友〕.

◎ 벽도碧桃, 홍도紅桃, 삼색도三色桃,[43] 천엽분도千葉粉桃, 울릉도鬱陵
桃,[44] 완도椀桃, 유월도六月桃, 칠월도七月桃, 상도霜桃, 담인도噉仁

---

43 조선 후기의 문인 김수장金壽長은 《해동가요海東歌謠》에서 벽도, 홍도, 삼색도를 풍류랑風流郎
에 빗댄 바 있다.
44 울릉도에서 나는 복숭아의 품종이다.

桃, 울릉담인승도鬱陵㗖仁僧桃, 수도水桃, 승도僧桃, 태백도太白桃.

◎ 당나라 현종이 초나라 동산 안에서 천엽홍벽도千葉紅碧桃를 처음 얻고서 양귀비와 더불어 날마다 그 밑에서 노닐며 말하였다. "이 꽃은 한스러움을 녹일 수 있다."[45]

◎ 홍도와 벽도는 한 화분에 두고 같이 접붙이기 좋다.

◎ 복숭아를 심으면 5년 만에 무성해지고 7년이면 쇠약해지며 10년 이면 죽는다. 칼로 껍질을 벗겨 기름기를 제거해주어야 한다.[46]

◎ 보관할 때는 따뜻하게 하면 안 되고, 물을 계속 주어야 한다.

해당

◎ 얌전한 벗〔靚友〕.

◎ 안사형이 말하였다. "해당은 향기가 없는데, 우리나라에서 말하는 해당은 향기가 있다. 원석공袁石公은 '봄 들면 해당화로 꽃꽂이한다'고 하였는데,[47] 우리 땅에서 나는 해당은 4월 이후에야 처음 꽃이 핀다." 또 말하길, "매화는 해당과 접붙일 수 있다. 천엽매

---

45 후당後唐의 문인 왕인유王仁裕는 《개원천보유사開元天寶遺事》권2 〈소한화銷恨花〉편에서 "명황 연간에 금원 안에 처음으로 천엽도가 만발하자 황제가 귀비와 함께 날마다 그 밑에 앉아 잔치를 하였다. 현종이 말하였다. '원추리꽃만 근심을 잊게 하는 것이 아니다. 복숭아꽃도 능히 한스러움을 풀어준다'〔明皇於禁苑中, 初有千葉桃盛開. 帝與貴妃日逐於樹下. 帝曰 : '不獨萱草忘憂, 此花亦能銷恨')"라고 하였다.

46 홍만선의 《산림경제》권2 〈종수種樹〉편에서는 복숭아에 대해 《화암수록》과 달리 "심은 지 6년째 되는 해 칼로 껍질을 찢어 진이 나오도록 해주면 이 나무는 5년 넘게 더 산다. 복숭아나무가 심은 지 5년이 되어도 열매를 맺지 않는 것은 대개 나무껍질이 자신을 너무 옥죄고 있어 자랄 수 없기 때문이다. 심은 지 3년째 되는 해 곧게 자란 대여섯 줄기의 껍질을 날카로운 칼로 그어 찢어주면 열매를 많이 맺는다〔至第六年, 以刀刮開皮, 令膠出, 其樹多有五年活. 桃樹, 五年不結子, 蓋樹皮緊束樹身, 不得長故也. 凡三年, 用尖刀刮破樹皮, 直長者四五條, 其樹多結)"라고 하였다.

千葉梅는 성질이 해당과 서로 가깝지 않다. 그러나 속명으로 산단 山丹[48]이라 하는 금사단엽홍金絲單葉紅은 향기가 없고 꽃 또한 매화와 가까우나 색깔은 곱고 어여쁘다. 증단백이 말한 명우名友, 즉 이름난 벗과 비슷하니, 산단은 아무래도 해당일 것이다"라고 하였다. 근래에 혜환도인惠寰道人 이용휴[49]에게 들으니 그가 이렇게 말하였다. "석리石梨, 즉 돌배에 산단을 접붙이면 해당을 쉬이 얻는다. 하지만 앵두에다 산단을 접붙이면 수사해당垂絲海棠이 된다." 대개 우리나라 사람이 여러 가지 꽃의 이름과 품종에 밝지 못해서 동백冬

---

47 원석공은 중국 명대의 문인 원굉도袁宏道를 이른다. 석공石公은 그의 호이며 자는 중랑中郎이다. 호북성 출신으로 국자감조교, 이부계훈사랑 등을 역임하였다. 그의 저서 《병사甁史》〈화목花目〉편에는 "봄 들면 매화로 꽃꽂이하고 해당화로 꽃꽂이한다(入春爲梅花, 爲海棠)"라는 구절이 나온다. 또한 그의 시 〈다섯째 아우의 춘초당에 모여(集五弟春草堂)〉에서는 "봄 들어 새롭게 해당화 시를 지었네(入春新作海棠詩)"라고도 하였다.

48 백합과의 다년초로 주로 짙은 붉은빛 꽃이 핀다.

49 자가 경명景命이며 호는 혜환惠寰이다. 본관은 여주로 1708년(숙종 34년)에 태어났다. 성호星湖 이익李瀷의 조카로 이름난 남인 집안 출신이나, 그가 태어나기 몇 해 전 장희빈 사건에 연루되어 집안이 급속도로 몰락하였다. 이러한 까닭에 애초부터 관직에 큰 뜻을 두지는 않았던 것으로 보인다. 한 시대를 풍미한 문장가로 이름을 날렸으며, 남인 실학파의 거두로 불리는 금대錦帶 이가환李家煥의 아버지로 더 잘 알려졌다. 유박과의 교류는 집안 간의 혼맥을 바탕으로 이루어진 것으로 보인다. 예컨대 《택리지擇里志》의 지은이로 잘 알려진 이중환은 이용휴의 삼종질인데, 유박의 사종조인 유의익柳義益의 딸을 둘째 부인으로 맞이하였다. 또한 이중환의 일가는 유박과 마찬가지로 황해도 배천 일대에 거주하였는데, 이중환의 두 아들 이장보李莊輔와 이장익은 물론이며 그 손자 이시선李是銑까지 유박과 매우 친밀한 관계를 맺고 있었다. 18세기 조선의 문단을 좌지우지할 만큼 명망 높은 문장가였던 이용휴가 그에 비해 명성이 한참 뒤떨어지는 유박에게 〈화목구등품제〉에 덧붙이는 찬사의 글과 함께 백화암에 부치는 50구에 달하는 장시까지 지어 보낸 것은 이와 같은 인간관계 덕분인 듯하다. 또한 이용휴가 보낸 글의 내용을 살펴보면 유박에 대한 극진한 찬사를 보내고 있는데 뛰어난 재능에도 불구하고 시대를 잘못 타고나 이를 현실세계가 아닌 꽃 세상에서 펼칠 수밖에 없는 유박의 처지에 대한 연민의 정도 느껴진다. 여기에는 출세에 한계가 있는 멸문가의 후손이라는 묘한 동질감이 작용한 것으로 여겨진다. 다만 두 사람은 직접 만난 적이 없으며 인편으로 서로 글을 주고받았던 것으로 보인다.

柏을 산다山茶라 하고, 백일홍百日紅을 자미화紫薇花라 하며, 향불向佛은 신이辛夷라 하고, 소철을 비파라 한다. 서향瑞香은 또 진짜와 가짜를 구분하지 못하며, 월계화와 사계화 또한 《본초강목本草綱目》에서는 어떤 이름으로 되어 있는지 모르겠다. 해마다 중국에 들어가는 사람이 책망을 면하기가 어려울 듯하다.[50]

장미

◎ 좋은 벗〔佳友〕.

◎ 황색과 홍색, 두 가지가 있다.

수양

◎ 홍도紅桃와 접을 붙여서〔倚接〕[51] 소도少桃로 만들어야 한다. 그렇게 하면 꽃이 버들실 사이로 비친다.

---

50 《양화소록》에도 비슷한 언급이 있다. 강희안은 "세상 사람들은 여러 꽃의 이름과 품종에 익숙하지 못해서 산단을 동백으로, 자미를 백일홍으로, 신이는 향불로 잘못 부르며, 매괴의 경우는 해당이라 하고 정작 해당은 금자화라 부른다. 같고 다름을 구분하지 못하고 참과 거짓이 섞여버렸다. 어찌 꽃의 이름만 그럴 뿐이겠는가? 세상일이 다 그렇다〔世人不習衆花名品, 有以山茶爲冬栢, 紫薇爲百日紅, 辛夷爲向佛, 玫瑰爲海棠, 海棠爲錦子, 同異莫辨, 眞僞相混, 豈但花名而已哉? 世上事皆類此〕"라고 하였다. (이종묵 역해, 《양화소록》, 아카넷, 2012, 320쪽)

51 의접倚接은 접붙이기의 한 방법으로, 본 나무와 접을 붙이는 가지의 껍질을 벗겨 밀착시킨 뒤 칡넝쿨로 단단히 묶는 방식이다.

6등 5등과 똑같이 변화함을 취하였다.

두견 [진달래]
◎ 때에 맞는 벗(時友).
◎ 붉은색과 흰색, 두 종류가 있다. 꽃은 흰 것이 더 운치 있다.
◎ 북쪽으로 향하게 두어야 한다.
◎ 습기를 싫어한다.

살구
◎ 고운 벗(艷友).
◎ 단행團杏, 연지단행臙脂團杏, 이행梨杏, 유행兪杏, 맥행麥杏이 있다.

백일홍[52]
◎ 속된 벗(俗友).
◎ 자미화紫微花.
◎ 파양화怕痒花.

감나무
◎ 칠절七絶, 즉 일곱 가지 좋은 점이 있다.[53]

52　여기서 백일홍은 초본草本 백일홍이 아닌 목본木本 배롱나무를 가리킨다.

◎ 장준長蹲[54], 월화月華[55], 수시水柿[56]가 좋은 품종이다.

오동나무
◎ 벽오동이 좋은 품종이다.
◎ 화분에서도 덮개 모양으로 기르기에 좋다.

---

53 당나라의 학자 단성식은《유양잡조》에서 "세속에서 이르는 감의 일곱 가지 좋은 점은 다음과 같
    다. 첫째, 수명이 길고, 둘째, 잎이 풍성하여 그늘이 짙으며, 셋째, 새의 둥지가 없고, 넷째, 벌레가
    없으며, 다섯째, 단풍 든 잎이 감상할 만하고, 여섯째, 과실이 훌륭하며, 일곱째, 낙엽이 크고 두
    껍다〔柿, 俗謂柿樹有七絶, 一壽, 二多陰, 三無鳥巢, 四無蟲, 五霜葉可翫, 六嘉實, 七落葉肥大〕라
    고 하였다.
54 크고 끝이 뾰족하며 맛이 떫어 홍시 만들기에 좋은 감이다.
55 열매가 작고 껍질이 얇으며 일찍 익는 감을 이른다.
56 모양이 둥글고 물기가 많은 감으로 연하며 맛이 달다.

7등 _{이하는 각각 좋은 점을 취하였다.}

배나무

○ 우아한 벗〔雅友〕.

○ 품종이 많은데 정선旌善에서 나는 청리靑梨는 과일 그릇 하나에 들어갈 정도로 크다.

정향庭香

○ 그윽한 벗〔幽友〕.

○ 정향丁香이라고도 한다. 홍紅·백白 두 종류인데, 꽃이 피면 향기가 온 뜰에 가득하다.

목련 _{속명은 목부용木芙蓉이다.}

○ 담박한 벗〔淡友〕.

○ 백련과 흡사한데 향기가 몹시 진하다.

○ 또 흑목련黑木蓮이 있다.

○ 습한 데를 좋아한다.

앵두나무

○ 함도含桃.

○ 열매의 빛깔은 홍紅·백白·청靑·흑黑, 네 종류가 있다.

단풍

◎ 마땅히 괴석 위에 심어야 한다.

8등

무궁화[木槿] 6월 초7~8일에서 17~18일, 27~28일 사이에 꽃이 피면 그 해에는 서리
가 일찍 내린다. 12~13일부터 22~23일 사이에 꽃이 피면 서리가 늦어진다.

◎ 단군께서 나라를 여실 때 무궁화 꽃이 처음 나왔다. 그래서 중국
에서 우리나라를 일컬을 때는 반드시 근역槿域이라 하였다. 흰 꽃
이 대단히 아름답다. 《시경詩經》에서 "얼굴이 순화舜華와 같다"[57]
라 한 것이 바로 이 꽃이다. 속명으로는 '무궁화蕪藭花'[58]라 한다.

석죽 [패랭이꽃]
◎ 꽃다운 벗[芳友].
◎ 꽃은 정색正色과 중간색 등 스무 종류 남짓이다.
◎ 습기를 싫어한다.

---

57 《시경》에 수록된 시의 전문은 이렇다. "한 수레 탄 아가씨 그 얼굴 순화 같네. 살랑살랑 걸어갈 제
패옥 소리 쟁글쟁글. 저 어여쁜 맹강녀 예쁘고도 아리따워. 한 수레 탄 아가씨 그 모습 순영 같네,
살랑살랑 걸을 제면 패옥 소리 달랑달랑. 저 어여쁜 맹강녀 덕스러움 못 잊으리[有女同車, 顏如
舜華. 將翶將翔, 佩玉瓊琚. 彼美孟姜, 洵美且都. 有女同行, 顏如舜英. 將翶將翔, 佩玉將將. 彼美
孟姜, 德音不忘]."
58 《화암수록》에서는 무궁화를 '蕪藭花'로 적었다. 반면, 다수의 한국 문집에서는 이름의 의미를 강
조하며 '無窮花'로 쓰고 있다. 고려 후기 문인 이규보李奎報의 《동국이상국집東國李相國集》에는
"무궁은 이 꽃이 끝도 없이 피고 진다는 뜻이다[無窮之意, 謂此花開落無窮]"라고 하였고, 조선 중
기 문신 김성일金誠一의 《학봉일고鶴峯逸稿》에서는 "좋은 꽃 백 일 피고 또다시 무궁하여, 끊임
없이 서쪽 담에서 붉게 꽃을 피우누나[名花百日又無窮, 脈脈西墻相倚紅]"라고 노래하였다.

옥잠화

◎ 차가운 벗〔寒友〕.

◎ 꽃의 빛깔은 희고 진하며 잎사귀는 빛나고 윤기가 돈다. 꽃향기는 맑고 또 진하다.

봉선화 겹꽃은 진홍과 연홍의 두 가지 색이 있다. 속칭 천엽은 꽃잎이 네 개뿐이다. 이 또한 진홍과 연홍 두 가지 색이 있다. 보통의 봉선화는 꽃잎이 두 개이고, 빛깔이 흰 것도 꽃잎이 네 개인 것과 두 개인 것이 있다.

◎ 홍색과 백색, 중간색 등 세 종류가 있다.

◎ 천엽홍을 가장 높이 치고, 일반적인 천엽홍백은 높이 쳐주지 않는다.

두충杜梂[59]

◎ 정목貞木. 상록수이니 예전 절개가 곧은 여인이 변화하여 이 나무가 되었다.

---

[59] 한국에서는 대개 '두중杜仲'이라고 쓰고 '두충'이라 읽지만, 중국과 일본에서는 '두충杜沖'이라 쓰기도 한다. 《화암수록》에서도 〈화목구등품제〉와 〈화암구등〉에는 '杜梂'으로, 〈강인재의 화목구품을 붙이다〉에는 '杜沖'으로 쓰여 있다.

9등

규화 [접시꽃]

◎ 색깔은 다섯 가지가 있다.

전추사[60]

◎ 가을바람이 서늘해져 뭇 꽃들이 시들면 전추사가 능히 잇달아 꽃을 피워 국화를 이으니 아낄 만하다. 봄에 피는 것은 전춘라剪春羅라고 한다.

금전화

◎ 쓰임이 전추사와 비슷하다.

창촉

◎ 속명은 석창포石菖蒲인데 한 치마다 아홉 개의 마디가 있다. 용의 몸같이 구불구불한 뿌리가 나고 수염이 가늘다.[61] 뿌리를 씻어주

---

60 석죽石竹과의 식물로 '전추라剪秋羅', '한궁추漢宮秋'라고도 한다.

61 《양화소록》에서는 송대 사유신의 《고금합벽사류비요》에 수록된 〈격물총론〉을 인용하여 "창포의 다른 이름이 창촉(菖蒲一名菖歜)'이며, "한 치에 아홉 마디가 있는 것을 가품佳品(一寸而九節者佳)"이라 하였다. 또 "뿌리 싹이 가느다란 한 품종을 석창포라 이른다(今一種根苗纖細, 所謂石菖蒲也)'라고 하였다.

는 것을 좋아한다.

◎ 연기를 싫어하고 괴석 위에 심어야 좋다.

화양목

◎ 송나라 때 화석강花石崗[62]에서 먼저 화양목 화분 두 개를 얻었다.

---

62 북송의 휘종이 기이한 돌과 꽃나무를 좋아하여 각지의 진귀한 귀석과 화훼를 수집해 꾸며 만든
    산을 이른다.

강인재[63]의 화목구품을 붙이다

모두 52종이다.

1품 소나무, 대나무, 연꽃, 매화, 국화

2품 모란

3품 사계, 월계, 왜철쭉, 영산홍, 진송, 석류, 벽오동

4품 작약, 서향화, 노송, 단풍, 수양, 동백

5품 치자, 해당, 장미, 홍도, 벽도, 삼색도, 백두견, 파초, 전춘라, 금
    전화

6품 백일홍, 홍철쭉, 홍두견, 두충

7품 배꽃, 행화, 보장화, 정향, 목련

8품 촉규화, 산단화, 옥매, 출장화, 백경화

---

63 조선 초기의 문인 강희안을 이른다. 인재仁齋는 호이며 자는 경우景愚이다. 본관은 진주로 대대
   로 이름난 문신을 배출한 명문가 출신이다. 어머니가 세종대왕의 장인이자 영의정을 지낸 심온
   沈溫의 딸이며,《금양잡록衿陽雜錄》을 지었고 좌찬성을 지낸 강희맹姜希孟이 그의 아우이다.
   1417년(태종 17년)에 태어나 1441년(세종 23년)에 문과에 급제하여 호조참의, 황해도감찰사
   등을 지냈다. 학문은 물론이며 시와 글씨, 그림에도 뛰어나 삼절로 일컬어졌으나, 뛰어난 능력에
   비하여 관직은 그리 높지 않았다. 이를 안타까워하는 주변 사람들과 달리 정작 자신은 날마다
   글을 읽고 꽃을 키우는 일을 더 좋아하였다고 한다. 당시 남산 아래에 위치한 그의 집 사우정四
   雨亭에는 다양한 꽃과 나무가 어우러져 벗들이 꽃구경을 하러 올 정도였다. 그의 저서《양화소
   록》은 중국의 역대 문헌에 보이는 원예 지식과 15세기 조선의 원예 기술을 집대성한 원예의 고
   전으로 평가된다. (이종묵 역해,《양화소록》, 아카넷, 2012, 13~25쪽)

9품   옥잠화, 불등화, 연교화, 초국화, 석죽화, 앵속각, 봉선화, 계관
      화, 무궁화

화암구등

모두 45종이다.

1등 매화, 국화, 연꽃, 대나무, 소나무 <small>고상한 품격과 빼어난 운치를 취하였다.</small>

2등 모란, 작약, 왜홍, 해류, 파초 <small>부귀를 취하였다.</small>

3등 치자, 동백, 사계, 종려, 만년송 <small>운치를 취하였다.</small>

4등 화리, 소철, 서향화, 포도, 유자[64] <small>똑같이 운치를 취하였다.</small>

5등 석류, 복숭아, 해당, 장미, 수양 <small>번화함을 취하였다.</small>

6등 두견, 살구, 백일홍, 감나무, 오동나무 <small>5등과 똑같이 번화함을 취하였다.</small>

7등 배나무, 정향, 목련, 앵두나무, 단풍 <small>이하는 각각 좋은 점을 취하였다.</small>

8등 무궁화, 석죽, 옥잠화, 봉선화, 두충

9등 규화, 전추사, 금전화, 창촉, 화양목

---

64 앞서 〈화목구등품제〉에서는 유자가 아니라 귤을 '영특한 벗[篤友]'이라 칭하였다.

화품평론

매화

◎ 평한다. 강산의 정신이요, 태고의 면목이다.

◎ 논한다. 고매古梅는 풍취가 아득하여 이보다 더 훌륭하기가 어렵
다. 말을 잘하는 선비도 그 모습을 비슷하게라도 형용하지 못하
니, 틀림없이 용과 같아 그려내기가 어렵다. 태상노군太上老君[65]
같은 고매라도 홍황백천엽紅黃白千葉, 즉 붉고 노랗고 하얀 겹꽃
은 자태가 속되어 이미 매화가 아니다. 매화를 좋아하는 자들은
이를 매력적인 물건으로 지목하였고, 시인 또한 맑고 여윈 승려라
고 설명하였지만, 이들 모두 고매와는 비슷하지도 않다.

국화

◎ 평한다. 순수한 원기요, 무한한 조화이다.

◎ 논한다. 금원황, 취양비는 꽃의 성인이고 학령 또한 성인의 경지
에 들기에 충분하다.

---

65 도가의 창시자 노자를 신격화한 말이다. 여기서는 구불구불 굽은 모양을 나타내는 의미로 쓰
였다.

연꽃

◎ 평한다. 얼음 병에 담긴 가을 물, 맑게 갠 달빛과 빛나는 바람 같다.

◎ 논한다. 홍백련은 강호에서 초연하여 굳이 이름을 구하지 않아도 저절로 드러나게 마련이다. 이 또한 기산箕山과 영수潁水 사이의 소보巢父와 허유許由 같은 부류이다.[66]

모란

◎ 평한다. 부귀하고 번화하다는 공론이 이미 정해졌다.

◎ 논한다. 모란은 본래 거칠고 커서 부귀를 오롯이 누리고 홀로 패권을 잡았다. 실로 오백五伯 가운데 제환공齊桓公이다.[67]

작약

◎ 평한다. 뭇 꽃 가운데 우뚝하니, 붉고 흰 꽃 중에 으뜸을 다툰다.

◎ 논한다. 작약의 부귀함과 화려함은 화왕花王, 즉 모란 못지않다. 또한 진나라 목공과 초나라 장왕에 해당하니 화왕에게 머리를 숙여 재상宰相의 인수印綬[68]를 받지 않으려 들까 염려된다.

---

66 소보와 허유는 중국 상고 시대의 은자隱者이다. 요임금이 이들에게 천하를 물려주려 하자 소보는 기산으로 숨어 나무 위에 새처럼 둥지를 짓고 살았으며, 허유는 임금의 말을 듣고 영수에서 귀를 씻었다고 한다.

67 오백은 중국 춘추 시대의 다섯 패자霸者를 이른다. 《순자荀子》에서는 제나라 환공, 진晉나라 문공, 초나라 장왕, 오나라 왕 합려, 월나라 왕 구천을 꼽았다. 여기서는 모란의 위상을 그중 첫 번째 패자인 제환공에 빗대어 나타내었다.

68 관리가 허리에 차는 인장을 매는 끈을 말한다. 일반적으로 벼슬의 직임을 나타낸다.

왜홍

◎ 평한다. 온갖 꽃에서 아득히 벗어나고 꽃의 숲에서 전권을 휘두른다.

◎ 논한다. 왜철쭉과 영산홍이 온 세상을 환히 비추니 보통의 사내와 아낙네가 놀라 따르지 않음이 없다. 한 차례 천하를 바로잡고 아홉 번 제후를 규합한 것은 어찌 쇠미한 세상의 어진 중보仲父[69]의 솜씨가 아니겠는가? 그렇다면 관중管中의 인품이 다섯 패자보다 더 나은 듯하다.[70]

해류

◎ 평한다. 서시西施가 이마를 찡그리자, 사람들의 애간장이 끊어진다.[71]

석류

◎ 평한다. 조비연趙飛燕[72]과 옥진玉眞[73], 즉 양귀비이니, 그 총애가 육

---

69 춘추 시대 제나라 환공이 관중을 부르던 존칭이다.

70 《논어》〈헌문憲問〉 편에서 공자孔子는 "제나라 환공이 제후들을 규합하되 병기를 쓰지 않은 것은 관중의 힘이었다. 누가 그의 인만 하겠는가, 누가 그의 인만 하겠는가?(桓公九合諸侯, 不以兵車, 管仲之力也, 如其仁? 如其仁?)"라고 하였다. 여기서는 관중의 인품이 환공을 비롯한 다섯 패자를 뛰어넘는 것처럼 왜철쭉과 영산홍의 아름다움이 모란이나 작약 못지않다는 뜻으로 쓰였다.

71 서시는 춘추 시대 월나라의 미인이다. 가슴앓이를 하여 얼굴을 찌푸리곤 하였는데, 그 모습이 몹시 아름다워 월나라 여자들이 이마저도 흉내 냈다고 한다. 여기서는 해류의 아름다움을 서시의 미모에 비유한 것이다.

72 한나라 성제의 애첩으로 뒤에 계후繼后가 되었다. 춤을 잘 추며 몸매가 가냘팠다고 한다.

73 당나라 현종의 비인 양귀비의 별칭이다. 당나라 시인 백거이白居易는 〈장한가長恨歌〉에서 죽은 양귀비가 옥진이라는 선녀로 환생했다고 하였다. 태진太眞 또는 옥비玉妃라고도 한다.

궁六宮[74]을 위태롭게 한다.

◎ 해류와 묶어서 논한다. 석류는 국색國色이 되기에 부족하지 않으나 불행히도 백엽류百葉榴[75]와 함께 꽃다움을 다투니 가련하다 하겠다. 윤부인尹夫人이 형부인邢夫人과 한 세상에 나란히 있는 격이다.[76]

사계

◎ 평한다. 장강莊姜[77], 반희班姬[78]의 맑은 덕과 정성스런 마음이다.

◎ 논한다. 월계화와 사계화는 꽃과 잎이 운치가 있고 끊어졌다 이어지기를 계속한다. 순수하면서도 끊임없는 정성이 있다.[79]

서향화

◎ 평한다. 한가한 가운데 특별한 벗으로 맑은 향기가 10리를 간다.

---

74 황후의 거처를 이르는 말로 고대 황후의 침궁寢宮이 정침正寢 하나와 연침燕寢 다섯으로 이루어진 데서 유래하였다.

75 해류의 별칭이다. 《양화소록》에서는 "항간에는 천엽 중에서 열매를 맺지 못하는 것을 백엽류라 부른다(俗以千葉不結實者, 謂百葉)"라고 하였다.

76 윤부인과 형부인은 모두 중국 한나라 무제의 애첩으로 용모가 몹시 빼어났다고 전한다. 《사기》〈외척세가外戚世家〉에 따르면 무제는 두 부인이 서로 시기할까 염려하여 절대 대면하지 못하게 하였다. 윤부인이 형부인을 만나게 해달라고 간청하자 마지못해 이를 허락하였는데, 형부인을 본 윤부인은 자신의 용모가 형부인보다 못하다고 여겨 눈물을 흘리며 한탄했다고 한다.

77 춘추 시대 위나라 장공의 부인으로 아름다운 용모와 어진 성품을 지녔다고 한다.

78 한나라 성제의 후궁이며 유명한 시인이었던 반첩여班婕妤를 이른다. 자태가 우아하고 성품이 어질었다고 한다.

79 《중용》에서 문왕의 덕을 하늘에 비유하여 "순수하면서도 그침이 없다(純亦不已)"라고 하였다. 여기서는 사계의 순수한 아름다움과 사계절 내내 꽃을 피워 끊김이 없는 특징을 《중용》의 구절을 빌려 칭찬한 것이다.

◎ 논한다. 서향화는 운치가 맑고 빼어나, 볕드는 창 아래 깨끗한 책
상 위의 좋은 벗이 된다.

치자

◎ 평한다. 여윈 학과 구름 속 기러기가 곡기를 끊고 속세를 벗어난
듯하다.

동백

◎ 평한다. 도골선풍道骨仙風, 즉 신선과 도인의 풍격으로 속세를 떠
나 무리를 벗어났다.

◎ 서향화, 치자와 묶어서 논한다. 날개가 달린 것이 뿔이 없음은 천
지가 본래 한 가지 사물만을 편애하지 않기 때문이다. 하지만 치
자와 동백은 맑고 가녀린 꽃이 있는데도 또 빛나고 윤기 도는 네
계절의 잎이 있으니 더더욱 화림華林 가운데 맑고 높으면서 온전
한 복을 갖춘 것이다.

해당

◎ 평한다. 해맑고도 어여뻐서, 잠을 잔 흔적이 몽롱하다.

장미

◎ 평한다. 다른 빛이 섞이지 않은 순황의 바른 빛깔, 그 자태도 우아
하다.

◎ 해당과 묶어서 논한다. 해당은 화려하고 장미는 아리땁고 우아하

니 시에 능한 수재의 부인이 되기에 알맞다.

백일홍
◎ 평한다. 어이 굳이 순영[80]이리오, 얼굴빛이 짙은 붉은빛일세.

홍벽도
◎ 평한다. 문에 기대어 웃음을 던지니 채찍을 떨구지 않는 이 없네.[81]
◎ 백일홍과 묶어서 논한다. 백일홍은 아리땁기가 자도子都[82]와 같고 홍벽도는 풍도馮道[83]처럼 아첨을 잘하니 모두 환관이나 희롱하는 신하이다.

살구
◎ 평한다. 등수가 높은 작은 별.

배
◎ 평한다. 한가하고 우아한 부인.

---

80 《시경》에서 무궁화를 가리킨 말이다. 59쪽 각주 57) 참조.
81 아름다운 여인이 문 옆에서 미소를 지으면, 수레를 타고 가던 남자들이 넋이 나가 들고 있던 채찍을 놓친다는 의미이다.
82 춘추 시대 정鄭나라 사람으로 미남자美男子로 유명하였다.
83 당나라 말기부터 오대십국 시대에 걸쳐 활약했던 정치가이자 고급 관료이다. 다섯 왕조, 열한 명의 군주를 차례로 섬기면서도 항상 재상의 지위를 유지했으므로 후세 사람들에게 무절조, 파렴치한의 대표적 인물로 간주되었다.

석죽[패랭이꽃]

◎ 평한다. 울지 않는 어린아이.

정향

◎ 평한다. 소박하고 소탈한 행자.

옥잠화

◎ 평한다. 영리한 사미승.

전추사

◎ 평한다. 문간에서 심부름하는 동자.

◎ 살구, 배, 석죽, 정향, 옥잠화와 묶어서 논한다. 살구꽃은 아리땁고 배꽃은 담박하며 석죽, 즉 패랭이꽃은 곱고 정향은 수척하다. 옥 잠화는 차고 전추사는 어여쁘다. 모두 명화名花의 자태를 갖추어 꽃병에 꽂아 심부름꾼으로 부릴 만하다.

스물여덟 가지 벗의 총목록

춘매는 예스러운 벗으로 삼는다.
납매는 기이한 벗으로 삼는다.
국화는 빼어난 벗으로 삼는다.
연꽃은 깨끗한 벗으로 삼는다.
대나무는 맑은 벗으로 삼는다.
소나무는 오래된 벗으로 삼는다.
모란은 열정적인 벗으로 삼는다.
작약은 귀한 벗으로 삼는다.
왜홍은 권세 있는 벗으로 삼는다.
해류는 정다운 벗으로 삼는다.
파초는 우러르는 벗으로 삼는다.
치자는 선미가 있는 벗으로 삼는다.
동백은 신선 같은 벗으로 삼는다.
사계는 운치 있는 벗으로 삼는다.
서향화는 특별한 벗으로 삼는다.
유자는 영특한 벗으로 삼는다.
석류는 아리따운 벗으로 삼는다.

복숭아는 어여쁜 벗으로 삼는다.
해당은 얌전한 벗으로 삼는다.
장미는 좋은 벗으로 삼는다.
두견은 때에 맞는 벗으로 삼는다.
살구는 고운 벗으로 삼는다.
백일홍은 속된 벗으로 삼는다.
배는 우아한 벗으로 삼는다.
정향은 그윽한 벗으로 삼는다.
목련은 담박한 벗으로 삼는다.
석죽은 꽃다운 벗으로 삼는다.
옥잠화는 차가운 벗으로 삼는다.

증단백의 열 가지 벗을 붙이다

난초는 꽃다운 벗으로 삼는다.

매화는 맑은 벗으로 삼는다.

납매는 기이한 벗으로 삼는다.

서향화는 특별한 벗으로 삼는다.

연꽃은 깨끗한 벗으로 삼는다.

치자는 선미가 있는 벗으로 삼는다.

국화는 빼어난 벗으로 삼는다.

계수나무는 신선 같은 벗으로 삼는다.

해당은 이름난 벗으로 삼는다.

도미[84]는 운치 있는 벗으로 삼는다.

84　한국에서는 백합과의 맥문동을 가리키는 경우가 있으나, 중국의 문헌에서는 대체로 장미과의
　　찔레꽃을 지칭한다. 초여름에 강렬한 향기를 지닌 새하얀 꽃이 피어 소동파를 비롯한 중국의 이
　　름난 문인들이 시의 소재로 삼기도 하였다. 하얀 빛깔의 향기 좋은 술을 가리키기도 한다. 일반
　　적으로 '茶蘼'로 표기하지만 '茶蘼', '酴醾'로 쓰기도 한다. 《화암수록》 원문에는 '茶蘼'로, 《양화소
　　록》에는 '酴醾'로 쓰여 있다.

꽃이 피고 지는 것은 절기의 이르고 늦음과 관계가 있다. 또 중국과 우리나라의 남쪽 지역은 천지의 기운을 받음이 일정하지가 않아, 꽃이 피는 시기를 확정해 말하기에 어려움이 있다. 다만 계절의 차례에 따라 시기별로 나누어 이 땅에서 각각의 꽃이 피는 것을 살펴 이 같은 규칙을 정하였다. 이는 풀과 나무 하나하나가 때에 맞춰 꽃을 피우거나 시기를 놓쳐 시드는 것이 오직 주인이 어떻게 기르느냐에 달려 있음을 알게 하고자 함이다. 이를 통해 부지런히 가꾸어 때에 따라 꽃의 성질에 맞춰 저마다의 참된 자태를 드러내게 하려는 것일 뿐이다.

정월
매화, 동백, 두견

2월
매화, 홍벽도, 춘백, 산수유

3월

두견, 앵두나무, 행화, 복숭아, 배나무, 사계, 해당, 정향, 능금

4월
월계화, 산단화, 왜홍, 모란, 장미, 작약, 치자, 철쭉, 상해당

5월
월계화, 석류, 서향화, 해류, 위성류

6월
석죽, 규화, 사계, 목련, 연꽃, 무궁화, 석류

7월
무궁화, 백일홍, 옥잠화, 전추사, 금전화, 석죽

8월
월계, 백일홍, 전추사, 금전화, 석죽

9월
전추사, 석죽, 사계, 조개황, 승금황, 통주홍황, 금사오홍

10월
전추사, 금원황, 취양비, 삼색학령

11월

학령, 소설백, 매화

12월

매화, 동백

구등 외 화목을 붙이다

임금, 단내, 산수유, 위성류, 백합, 상해당, 산단화, 철쭉, 백자, 측백, 비자, 은행

　이상 12종은 운치가 있고 번화하니, 마땅히 4등이나 5등에 들어가고도 남는다. 하지만 1등은 고상한 품격과 빼어난 운치를 취하고 2등은 부귀를 취하는 등 이런저런 이유로 저마다 옮길 수 없는 등수가 있으므로, 매 등마다 다섯 가지씩 뽑는 것을 원칙으로 삼았다. 마침내 9등 밖에 따로 적어 덧붙인 까닭은 저 꽃이 이것보다 나아서가 아니다. 그저 형편이 어쩔 수 없었을 뿐이다.

2부

화암구곡

1곡

꼬아 자란 층석류[1]요 틀어 지은 고사매[2]라

삼봉괴석에 달린 솔[3]이 늙었으니

아마도 화암 풍경이 너뿐인가 하노라

一曲

쏘아ᄌ란 層石榴ㅣ오 트러지은 古槎梅ㅣ라

三峰怪石에 돌닌 솔이 늙어시니

아마도 花菴風景이 너쑌인가 ᄒ노라

2곡

바람 맑고 달 밝은 밤 석 자 금琴을 곁에 놓고

---

1 올라가던 줄기를 둥글게 꼬아서 한 층을 만들고 다시 중심 줄기를 올려 한 층을 만드는 방식으로
    가꾼 관상용 석류를 말한다.
2 등치가 따리를 튼 것처럼 뒤틀린 분매盆梅를 가리킨다.
3 봉우리가 세 개인 석가산 바위틈에 붙여서 기른 소나무를 말한다.

네 계절 좋은 흥을 온갖 꽃에 부쳤으니

이 몸도 태평 시절 임금 은혜에 젖었는가 하노라

二曲

風淸月白夜에 三尺琴을 겻틔 로코

四時佳興을 百花中에 붓쳐시니

이 몸도 昇平聖澤에 저젓는가 ᄒ노라

3곡

마당에 보리 들고⁴ 화단에 석류 핀다

간밤 빚은 술을 갈건에 걸러내니

아마도 세상 시름이 반 남짓 줄어든다

三曲

마당의 보리 들고 花塢의 石榴 핀다

간밤 비즌 술을 葛巾에 걸너내니

아마도 世上 시름이 半나마 덜니인다

4 　추수한 보리를 말리려고 마당에 널어놓았다는 의미이다.

4곡

초당에서 낮잠 깨어 낚싯대를 들어 메고
석양의 낚시터에 무심히 앉았으니
백구도 한가이 여겨 짐짓 희롱하더라

四曲

草堂에 낮줌깨여 一竿竹 들어메고
釣臺夕陽에 無心이 안즈시니
白鷗도 閑暇이 너겨 짐즛 戲弄ᄒ더라

5곡

오동에 빗물 듣고 대숲은 안개 잠겨
작은 배에 사립[5] 두고 등상에 누웠더니
어디서 닻 드는 소리가 잠든 나를 깨우나니

五曲

梧桐에 雨滴ᄒ고 竹林에 煙籠이라
小艇에 簑笠 두고 藤床에 누엇더니
어듸셔 닷 드는 소릐는 줌든 날을 깨오ᄂ니

---

5 도롱이와 삿갓을 가리킨다.

6곡

막대 짚고 거닐자니 버들 바람 슬슬 분다

긴 휘파람 짧은 노래 뜻대로 소일하니

어디서 나무꾼 목동이 웃고 가리키누나

六曲

막대 집고 나건니니 楊柳風이 徐來로다

긴 푸름 져른 로래 쯧대로 消日ᄒ니

어듸셔 樵童牧叟는 웃고 指點ᄒᄂ니

7곡

석양에 백구 돌아오고 처마에 안개 자고

꽃향기와 달빛이 철없이 방에 드니

아이야 거문고 연주해라 취해 놀까 하노라

七曲

夕陽에 白鷗還ᄒ고 茅簷에 煙霞宿이라

花香月色이 텰업시 房의 드니

ᄋ희야 거문고 淸텨라 醉코 놀가 ᄒ노라

8곡

시름겨워 늘 취하고 근심겨워 꽃을 본다

근심과 시름을 꽃 띄워 술로 치니

어즈버 술은 광약 아니요 꽃은 한가한 취미인가 하노라

八曲

시름 계워 長醉 고 금심[6] 계워 솟 보노라

근심 시름을 곳 여 술노치니

어즈버 酒非狂藥이오 花閑趣味ㄴ가 노라

9곡

맑은 물에 벼를 갈고 청산에서 나무한 뒤

서편 숲 비바람에 소 먹여 돌아오니

두어라 야인 생애도 자랑할 때 있으리라

九曲

白水에 벼을 갈고 靑山에 섭플 친 후

西林風雨에 쇼 머겨 도라오니

두어라 野人生涯도 쟈랑 쌔 이시리라

---

6 '근심'의 오기로 보아 근심으로 번역하였다.

매농곡

눈보라 치는 산재에서 한 그루 매화 마주하여
웃으며 저를 보니 저도 나를 보고 웃는구나
두어라 매화가 나요 내가 매화인가 하노라

風雪山齋夜에 相對一樹梅ㅣ라
웃고 저을 보니 저도 날을 웃는고나
우어랴 梅則儂兮ㅣ오 儂則梅ㄴ가 ᄒ노라

촌구

뜬다 뜬다 달이 뜬다
핀다 핀다 꽃이 핀다
꽃 위에 달이 뜨니 백화암 흥이로다

쓴다 쓴다 돌이 쓴다
핀다 핀다 쏫이 핀다
쏫 우의 돌이 쓰니 百花菴興이로다

화암만어

달은 서산에 숨고, 밤은 삼경三更이라 고요한데, 이 몸 홀로 꽃 사이에 서니, 옷깃 가득 바람과 이슬이요 하늘의 향기일세.

화암에서 실컷 자니, 흰 갈매기 다 날아가, 뜨락 가득 석양이요. 강마을은 적막할 때, 어디선가 뱃사공의 한 곡조 뱃노래 소리, 멀리서 또 가까이에서 들려오네.

붉고 흰 꽃 몇 그루 향기 몹시 짙은데, 뜻 있는 이 술병 들고 나귀 방울 울리며 찾아왔네. 책상 위엔 책이요 시렁에는 거문고라. 어쩌자고 아이는 바둑판을 또 내오나.

화암의 주인은 근신謹愼함은 성구聖求만 못하고, 유위有爲함은 사형士亨만 못하며, 일처리는 계존季尊만 못하고, 섬민瞻敏함은 사장士章만 못하다. 염아恬雅함은 백휴伯休만 못하고, 원각愿慤, 즉 성실함은 호문好問만 못하다. 성질은 덕조德祖가 더 낫고, 담박함은 중선仲宣이 더 낫다. 적용適用은 운약雲約만 못하고, 과감하고 아는 것 많기는 안공보安公輔만 못하다.[7] 글 또한 여러 사람의 아래이다. 하지만 오직 꽃을 사랑하는 것만은 열 사람의 벗보다 낫다고 자부한다. 그래서 꽃과 마주하여 문득 적어둔다.

---

7 여기에 보이는 열 사람은 평소 유박과 가깝게 지내던 벗들이다. 이름 대신 자字만 적어놓았지만, 《승정원일기》에 보이는 당시 지방 유림의 연명상소 기사와 《사마방목》의 생원진사시 합격자 정보를 통해 이들 대부분이 황해도 배천 지역의 유림임을 확인할 수 있다. 이중 성구聖求는 이장익으로 유박보다 7세 연상이며 이중환의 아들이다. 사형士亨은 안습제이다. 안습제의 생애 전반과 유박과의 교유 관계는 34쪽 각주 4) 참조. 백휴伯休는 김광렬이다. 본관은 상산으로 유박보다 9세 연상이다. 1721년(경종 1년)에 태어나 1744년(영조 20년) 진사시에 합격하였으며, 성균관에 입학하기도 하였다. 안공보安公輔는 앞서 언급한 안습제의 맏형 안우제安羽濟이다. 호는 만습암晩習庵이며 유박보다 10세 연상이다. 본관은 순흥으로 1720년(숙종 46년)에 태어나 1774년(영조 50년) 동생 안습제와 함께 진사시에 합격하였다. 사재감봉사, 공조좌랑, 당진현감 등을 지낸 바 있다. 그 외에 자세한 신상이 파악되지 않는 계존·사장·호문·덕조·중선·운약은 유박과 마찬가지로 생원진사시에 합격하지 못한 배천 지역의 유학으로 추정된다.

화암수록

화암기

나는 타고난 성품이 졸렬하여 내가 봐도 쓸모가 없다. 사는 곳의 산
수는 몹시 탁하여 유람을 다닐 만한 경치가 드물다. 궁벽한 골목의
거적을 단 문[席門]에는 1년 내내 신분 높은 분[長者]의 수레가 이른
적이 없다.[8] 근래 사계절의 화훼로 수백 그루를 구하여 큰 것은 땅에
심어 기르고 작은 것은 화분에 담아, 화단을 쌓고 백화암 가운데 보
관하였다. 몸이 그 사이에 있으면서 소일하며 세상과 더불어 서로를
잊고 기뻐하며 자득하였다.

분매와 금원황, 취양비는 그 정신을 찬찬히 살핀다. 왜철쭉과 영
산홍은 멀리서 형세를 보아 웅장함을 취한다. 모란과 작약, 계수나
무와 복사꽃은 새로 얻은 여인과 같다. 치자와 동백을 보면 마치 큰
손님을 마주한 여인의 아리따운 모습이 손에 잡힐 듯하다. 석류는
품은 뜻이 시원스럽다. 파초와 괴석은 뜨락의 명산으로 삼는다. 비

---

8 석문席門은 거적을 매달아놓은 문이라는 뜻으로 청빈한 집이나 은자의 거처를 뜻한다. 장자長者
  는 벼슬이나 명망이 높은 이를 가리킨다. 《사기》〈진승상세가陳丞相世家〉에서는 한나라 때 "진평
  의 집이 도성 밖 궁벽한 시골구석에 있어 낡은 거적으로 문을 해 달았지만, 문 밖에 장자가 왕래한
  수레바퀴 자국이 많이 나 있었다[陳平家乃負郭窮巷, 以弊席爲門, 然門外多有長者車轍]"라고 하
  였다. 이는 '석문궁항席門窮巷'이라는 고사로 잘 알려져 있다.

쩍 마른 소나무(瘦松)⁹는 태곳적의 모습을 얻었고,¹⁰ 풍죽風竹은 전국 戰國 시대의 기상을 띠고 있다. 이것들을 섞어 심어서 시중드는 하인 으로 삼는다. 연꽃은 마치 공경스럽게 주돈이를 마주하고 있는 것만 같다.

기이하고 예스러운 것을 취하여 스승으로 삼고, 맑고 깨끗한 것을 취하여 벗으로 삼는다. 번다하고 화려한 것을 취하여 손님으로 삼는 다. 남에게 사양하려 해도 남들은 내다버리는 까닭에 다행히 홀로 즐겨도 막는 사람이 없다. 앉아 있을 때나 누워 있을 때나 희로애락 을 모두 이 꽃들에게 부쳐서, 나 자신을 잊고(忘形) 늙음이 장차 오는 것도 알지 못할 뿐이다.¹¹

---

9 《화암수록》 원문에는 '廋松'로 되어 있으나 '瘦松'의 오기로 보아 후자의 의미로 번역하였다.

10 앞서 〈화품평론〉에서는 소나무가 아닌 매화를 '태고의 면목(太古面目)'이라 평한 바 있다.

11 "나 자신을 …… 알지 못할 뿐이다"는 《논어》 〈술이述而〉 편에서 따온 말이다. 공자는 "학문에 분 발하게 되면 밥 먹는 것도 잊고, 즐거워서 근심도 잊은 채, 늙어가는 줄도 알지 못한다(發憤忘食, 樂以忘憂, 不知老之將至)"라고 하였다.

매설

내가 매화 그늘에서 잠이 들었다. 꿈에 모습이 기이하고 예스럽게 생긴 사람을 만났다. 그가 흰옷을 입고 맑은 기운을 띠고서 내게 절하며 장난으로 말하였다.

"그대는 나를 좋아하는데 능히 나를 알아보겠는가? 내가 누군지 알고 싶거든 나를 찾아보게나. 그대는 상고上古에 뜻을 두어 질박함을 벗으로 삼는 사람이다. 나는 성질이 저잣거리를 싫어하고 홀로 산림만을 좋아하여 세속의 밖에 이름을 숨겼다. 비록 초나라의 굴원이라 해도 내 이야기를 들어 알지는 못한 채 세상을 떴다. 이름 없는 사람 중에도 비밀스런 자취를 나와 함께한 사람이 또한 수없이 많다. 사실 나는 굴원을 원망하지 않고 소동파를 원망한다. 그로 인해 얼음 같은 넋과 옥 같은 뼈의 자취가 드러나 세상 사람들이 나를 요망한 물건으로 지목하게 되었기 때문이다. 그대가 나를 안다면 적막하고 황량하게 추운 산수山水의 가장자리와 세상에서 등한히 여겨버린 땅에서 처음부터 끝까지 함께하면서, 속된 무리와 가까이함을 면하고, 텅 비어 아무것도 없는 것처럼[12] 하여 본래 타고난 성품을 보전하였으면 한다."

나는 매형梅兄의 뜻을 받들어 그렇게 하겠다고 대답한 후 잠에서 깨어났다. 이를 적어둔다.

---

12 "텅 비어 아무것도 없는 것처럼[若虛若無]"은 《논어》〈태백泰伯〉편에서 따온 말이다. 증자曾子는 안자顏子를 평하며 "능하면서도 능하지 못한 이에게 묻고, 많으면서도 적은 이에게 묻는 것, 있 어도 없는 것처럼 가득해도 빈 것처럼 여기는 것, 잘못을 범해도 따지지 않는 것, 옛날 나의 벗이 일찍이 이 일에 종사하였다[以能問於不能, 以多問於寡, 有若無, 實若虛, 犯而不校, 昔者吾友嘗從 事於斯矣]"라고 하였다.

안사형에게 답하는 편지

어제 저녁에 웬 사람이 그대의 편지를 전해주어, 몇 줄을 읽기도 전에 저도 모르게 상쾌한 기운이 엄습해오는 것을 느꼈습니다. 꽃이슬에 손을 씻고 온종일 꿇어앉아서 읽다 보니, 황홀하기가 마치 구름안개를 헤치고 봉래산蓬萊山을 바라보는 듯하여, 그제야 기화요초琪花瑤草가 그 사이에서 머물러 떠나지 않는 줄을 알게 되었습니다.[13] 다만 형의 큰 솜씨로 꽃 궁궐의 사필史筆을 잡아 꽃나라〔華林〕의 춘추春秋를 결정하신 것이 이미 엄격하고도 신중하였습니다.[14] 그럴진대 사람과 꽃 사이에서 붓을 삼가지 않을 수가 없습니다. 하지만 꽃에 대해 논한 바는 근엄하면서, 사람에 대해 논한 것은 들떠 과장되었으니, 형께서 혹 능히 속됨을 면치 못해 이렇듯 되풀이하여 말씀하신 것인지요.

주신 글에 대해 말씀드리겠습니다. 두견화, 즉 진달래는 단지 봄에 앞서 필 뿐 아니라 꽃이 흰 것이 또한 운치가 있으므로 이미 9등

---

13 봉래산은 신선이 산다는 삼신산三神山의 하나인데, 신선이 거처하는 곳에는 기화요초와 기석奇石이 가득하다고 한다. 안사형의 편지를 읽은 감상을 선계仙界에서 맛보는 황홀함에 비유한 것이다.
14 안사형이 자신의 글에 대해 비평한 것이 사관의 평가와 같이 엄격하였다는 의미이다.

의 화목 가운데에 넣었던 것입니다. 신이는 비록 당나라 사람이 시로 노래하였지만, 어쩌다가 왕유王維가 목격한 것을 적어놓은 데 지나지 않습니다.[15] 사람 때문에 물건을 귀하게 대접할 수는 없는지라 결국 빼고 낮게 여긴 것입니다. 손혜蓀蕙는 정체가 불분명하고, 여지는 이 땅에서 나지 않아서 뺐는데 이에 관해서는 형의 고명한 견해가 맞습니다.

8자평八字評은 뜻이 전아典雅하기가 어렵고 사이사이에 허튼소리〔胡說〕가 많아서 형께서 다듬어 고쳐주기를 바랐더니, 어찌하여 한 글자도 일깨워주지 않고 도리어 이처럼 과도하게 칭찬을 한단 말입니까? '울지 않는 어린아이〔不哭孩兒〕'나, '소박하고 소탈한 행자〔朴茂行者〕'는 바로 주자朱子께서 윤언명尹彦明과 장사숙張思叔을 논할 때 쓴 표현입니다.[16] 그리고 석죽, 즉 패랭이꽃과 정향화는 그 생김새가 닮은 바를 취했던 것입니다. '영리한 사미승〔伶俐沙彌〕'은 속된 말에 지나지 않으니 어찌 칭찬할 만하겠습니까?

종려는 먼 곳에서 나므로 가난한 집과는 인연이 없고, 귀한 이의

---

15 당나라의 이름난 시인이자 화가였던 왕유는 〈신이오辛夷塢〉에서 '나무 끝에 핀 연꽃인가, 산 속에 붉은 꽃송이 만발하였네. 골짜기 집은 사람 없어 적막한데, 꽃들만 분분히 피고 또 진다〔木末芙蓉花. 山中發紅蕚. 澗户寂無人, 紛紛開且落〕'라고 하였다.

16 윤언명과 장사숙은 북송의 유학자 윤돈尹焞과 장역張繹을 가리킨다. 언명彦明과 사숙思叔은 이들의 자이다. 두 사람 모두 정이程頤의 제자로 《주자어류朱子語類》〈정자문인程子門人〉편에 이들에 대한 평이 보인다. 주회朱熹는 "화정, 즉 윤언명은 근엄함을 지켰으나, 얻은 바를 보면 투철하지가 못하다. 속담에서 말하는 '울 줄 모르는 한 어린아이를 안았다'는 말과 같을 뿐이다. …… 장사숙은 영민함이 화정과 같다. 이천 선생이 칭하길 '그는 소박하고 소탈하나, 또한 편협하다'고 하였다〔和靖守得謹, 見得不甚透. 如俗語說, 他只是'抱得一箇不哭底孩兒'. …… 張思叔敏似和靖, 伊川稱其朴茂. 然亦狹〕'라고 하였다.

집에 들어가기를 기뻐하는지라 그다지 좋아하지 않았습니다. 그래서 사실 꺼리는 뜻이 없지 않았지요. 서향화는 처음 여산 가운데서 나왔다는 사실이 여대방呂大防의 〈서향도瑞香圖〉에 자세히 실려 있습니다. 또한 우리나라의 영남과 호남에서도 나오니, 가지를 꺾꽂이하거나 뿌리를 나누어도 모두 잘 삽니다. 그리고 10리에 미치는 맑은 향기는 그 운치가 공경할 만합니다. 하지만 이제껏 서향화의 모습은커녕 그림자조차 보지 못한지라 널리 구하여 형을 통해 얻어보려 하였던 것입니다.

원추리는 저의 고루한 안목으로는 끝내 진짜와 가짜를 구분하기 어려워, 우리나라에서 나는 것은 수록하지 않았습니다. 무궁화는 흰 꽃은 몰랐고, 일반적인 붉은색이 아니면서 아주 짙은 붉은색도 아닌 꽃만 알았습니다. 빛깔이 목면화와 비슷해서 노란색도 아니고 붉은색도 아닌 것을 천하게 여겨 빼버렸습니다. 하지만 가지와 잎의 모양이 귀하여 늘 애석하게 여기고 계륵과 같이 보았더랬지요. 이제 꽃이 흰 것이 바로 《시경》에 나오는 순화, 즉 무궁화이고 옛날 우리나라의 봄날에 핀 꽃이라는 가르침을 받들고 보니 제가 비로소 우물에서 나와 하늘을 보는 듯합니다. 이제부터는 제 마음이 마땅히 언제나 충주에 가 있게 될 것입니다. 어찌 이 꽃을 서둘러 높은 등수에 올리지 않겠습니까?

해당화는 다행히 형의 가르침을 듣고 이미 열의 여덟, 아홉은 믿게 되었지만 마침내 십분 분명하다고 단정하기는 어렵습니다. 또 생각건대 이후에 연경에 들어가는 사람 중에 혹 꽃에 특별한 취미가 있는 자가 있어서, 전혀 다른 해당화를 사 온다면 제가 말한 해당화는 마침내 연석(燕石)[17], 즉 가짜 신세를 면키 어려울 것입니다. 그래서 산당과 해당의 주석을 구분하였으니, 이는 《춘추》에서 말한 "믿을 만한 것은 전하고 의심나는 것은 의심나는 대로 전한다"[18]라는 취지를 받든 것입니다.

이제 산에 가깝고 물에 가깝다거나 계절이 일정치 않다는 가르침을 받고 보니, 말 한마디로 복잡한 문제를 해결하였다(一言折獄)[19] 할 만하여 분명하고 상쾌할 뿐입니다. 저의 노둔함과 부족함으로는 감당할 수 없는지라 마땅히 해당화 항목 아래에다가 "안사형이 이렇게 말하였다(安士亨云云)"라고 주석을 달아서 뒷사람의 넓은 견문을 기다려 따져보고 확정할 생각입니다.

이번에 받은 한 통의 글은 기화이초奇花異草의 정수라 하겠습니다. 벽에 붙여두니 백화암이 벌써 환하게 생색이 나는군요. 게다가 또 한 편의 문장과 시를 보내 꾸며주신다는 말씀을 들으니 도리어 삼추三秋가 마치 3년과 같습니다. 다만 남쪽으로 걸음 하는 것이 정확히 언제쯤인지 모르겠으나 지나는 길에 하룻밤을 묵어 자면서 꽃

---

17 중국 연산燕山에서 산출되는 광석인 영석瓔石을 가리킨다. 옥玉과 비슷하게 생겼지만 옥이 아닌 돌이라 별 가치가 없다. 송宋나라 때 어리석은 자가 이것을 진짜 옥으로 믿어 세상의 웃음거리가 되었다는 고사가 전한다. 이로 인해 어리석은 자 혹은 허식虛飾으로 세상을 살아가는 자를 비유하는 말로 쓰인다. (세종대왕기념사업회 한국고전용어사전 편찬위원회 편, 《한국고전용어사전》, 세종대왕기념사업회, 2001)

18 《춘추곡량전春秋穀梁傳》에서 "춘추의 대의는 믿을 만한 일은 확실하게 기록하고, 의문 나는 일은 의문 그대로 전하는 것이다(春秋之義, 信以傳信, 疑以傳疑)"라고 하였다.

19 일언절옥一言折獄은 공자가 제자 자로子路에 대해 평한 편언절옥片言折獄과 같은 말이다. 한마디 말로 송사訟事의 시비를 가릴 수 있다는 뜻이다. 《논어》〈안연顔淵〉 편에서 공자는 "말 한마디를 근거로 사리를 판단할 수 있는 사람이 자로 말고 누가 있단 말이냐?(片言可以折獄者, 其由也與. 子路無宿諾?)"라고 하였다.

을 보며 각 사람의 꽃에 대한 말을 검토할 수 있겠는지요? 제가 비록 부족하지만 꽃은 그렇지가 않으니 이것으로 형께서 맑은 걸음을 한 차례 해줄 수 있겠는지요? 마침 조우효趙友孝를 만나고 있는데 집의 하인이 답장을 재촉하므로 이른바 〈구등화목품제九等花木品第〉를 베껴 적어 형의 밝은 가르침을 구하지 못하니 몹시 답답합니다. 이만 줄입니다. 1772년 임진 8월 24일.

  관서와 산동 지방은 풍우風雨의 형세가 다르고, 오초吳楚 지방 이외의 땅에서 나는 매화는 섣달에 꽃을 피우지 않습니다. 그렇다면 중국의 절후 또한 이미 일정치가 않습니다. 《성도지成都志》에는 서향화가 겨울과 봄 사이에 꽃을 피운다고 하였는데,[20] 우리나라에서는 봄과 여름 사이에야 비로소 꽃이 핍니다. 중국과 외국의 계절이 똑같지 않은 것도 과연 형의 가르침과 같이 분명합니다. 다만 원석공의 《병사》를 살펴보니, 원중랑이 북경에서 벼슬을 살적에 "연경의 날씨가 몹시 춥다"라고 하고, 또 "꽁꽁 언 얼음이 구리병을 능히 쪼갠다"라고 하였지요. 하지만 "봄 들면 해당화로 꽃꽂이한다"라고 한 것[21] 또한 순천부順天府에 있을 때[22] 기록한 것입니다. 우리나라는

---

20 《화암수록》 원문에는 '城都志'라고 되어 있으나 '成都志'의 오기로 보아 후자의 뜻으로 번역하였다. 《양화소록》에는 "여대방의 〈서향도서〉와 《성도지》에 '서향은 향긋한 풀인데 줄기가 몇 자나 되도록 높이 자라고 산이나 언덕에 서식한다. 노란색과 자주색 두 품종이 있고, 겨울과 봄 사이에 처음 꽃이 핀다'고 하였다〔呂大防瑞圖序成都志, 瑞香草也, 其本高數尺, 生山坡間, 有黃紫二種, 冬春之間, 其花始發〕"라고 되어 있다.
21 중랑中郎은 원굉도의 자이다. 원굉도는 《병사》〈화목〉 편에서 "연경의 날씨는 몹시 춥다〔燕京天氣嚴寒〕", "봄 들면 매화로 꽃꽂이하고 해당화로 꽃꽂이한다〔入春爲梅花, 爲海棠〕"라고 하였고, 〈기구器具〉 편에서 "꽁꽁 언 얼음이 능히 구리병을 쪼갠다〔凍冰能裂銅甁〕"라고 하였다.

연燕 지방과 분야分野[23]가 같아서 똑같이 천하의 동북방이 됩니다. 하지만 청천강 남쪽의 날씨는 오히려 북경보다도 조금 더 따뜻하다고 할 만하니, 봄에 들어서야 해당이 핀다고 한 것은 끝내 석연치 않아 의심이 듭니다.

---

22 순천부는 명대에 북경 일대를 통치하기 위해 설치한 관부이다. 원굉도는 1598년(만력 26)에 순천부교수를 역임한 바 있다.
23 중국을 중심으로 한 지상地上의 영역을 하늘의 별자리에 배당하여 나눈 것이다. 조선 후기 문신 이유원李裕元은 《임하필기林下筆記》에서 "우리나라는 연 지방의 분야에 속한다〔東方屬燕分〕"라고 하였다.

화암수록

안사형이 애초에 보낸 편지를 여기 붙이다

꽃에 대해 쓰신 글월이 제가 마침 나가 있을 때 온지라 그 자리에서 받들어 살피지 못하였습니다. 또 두 장이나 되는 글을 갑작스레 다 살필 수가 없어서 이렇듯 오래 답장하지 못하였습니다. 며칠간 살펴보니 마치 꽃내음을 맡은 것처럼 짙은 향기가 느껴졌습니다. 저도 모르게 싹트던 비루한 생각이 어느새 가슴속에서 사라지고 말았지요. 형께서는 벽란도[24] 서편에 사는 은자들 중에서도 산선散仙이라 할 만합니다.

화사花史를 자세히 살펴보고 화평花評을 꼼꼼히 검토해보니, 대저 철쭉을 취하고 두견화, 즉 진달래를 버린 것은 이를 천하게 여겨서입니다. 살구꽃을 넣고 신이를 뺀 것은 하찮게 본 탓이겠지요. 난초

24　황해도 배천군의 남동쪽에 있는 옛 나루를 가리킨다. 개성으로 이어지는 길목으로 문산리의 북동쪽에 위치하고 있다. 《세종실록지리지》의 "대천大川은 벽란도인데, 그 근원이 수안군遂安郡 동쪽 언진산諺眞山에서 비롯하여 …… 배천군 동쪽 금곡포金谷浦를 지나 남쪽에 이르러 벽란도가 되어 바다로 들어간다"라는 기록에 처음으로 등장한다. 《해동지도海東地圖》의 개성·배천 지도를 비롯한 여러 고지도에 이 일대가 묘사되어 있다. 《신구대조新舊對照》의 연백 지역과 《조선지형도朝鮮地形圖》의 배천 지역에 벽란리라는 마을 이름이 기재되어 있다. 북한의 《조선향토대백과》에서는 "본래 산벼랑 꼭대기에 쌓은 성이라 하여 벼랑성이라 하다가 후에 좋은 뜻을 담은 벽란으로 표기하였다"라고 하였다. 《한국지명유래집—북한편》 1, 국토교통부 국토지리정보원, 2013, 825~826쪽)

는 올리고 손혜를 넣지 않은 것은 헷갈렸기 때문이고, 석류에 대해서는 평을 남기고 여지는 언급하지 않았으니 이는 우리나라에 없어서일 것입니다. 정신이 엉겨 있는 매화나 한스러움을 녹여주는 복사꽃, 꽃잎이 여섯 개인 치자, 마디가 아홉인 창포 등은 각각 마땅함을 얻었으니, 그것들이 정태情態를 잃지 않는 것은 실로 형께서 화훼에 으뜸가는 재주가 있기 때문일 것입니다. 꽃은 정해진 이름〔定名〕이 없는지라 꽃을 아끼는 안목에 제공할 만한 것이 얼마나 많겠습니까? 하지만 그 가운데 변화하고 화려한 백일홍과 고고한 향기를 뿜는 전추사는 마땅히 화원에서 거두어야 함이 분명합니다.

만약 평소에 몹시 아끼는 사람이 아니라면 어찌 그 미묘함을 형용할 수 있겠습니까? 전수〔前修〕[25], 즉 선현들이 미처 펴내지 못한 것을 밝혔다고 할 만합니다. 또한 형의 정신이 꽃의 신인 여이女夷[26]와 가만히 접촉하고 몰래 통하여, 도리어 사람인지 꽃인지조차 모를 정도라고 하겠습니다. 가령 꽃이 능히 말을 할 수 있다고 한다면 다들 "우리 주인님, 우리 주인님"이라고 할 것입니다. 여덟 자로 칭찬한 평어는 전아典雅하면서도 맑고 시원하니, 나오면 나올수록 점점 더 기이하여 진실로 받들어 말씀드릴 것이 없습니다. 그리고 4자평 가운데 석죽, 즉 패랭이꽃을 '울지 않는 어린아이'라 하고 옥잠화를 '영

---

25 선현先賢과 같은 말로 나보다 앞서 사물에 통달한 현인을 의미한다.
26 봄과 여름에 자연의 생장을 주관하는 신을 가리킨다. 꽃의 신〔花神〕으로도 불린다. 전한의 학자 유안은 《회남자》 〈천문훈天文訓〉에서 "여이는 북 치고 노래하여 하늘의 조화를 다스리며, 온갖 곡식과 날짐승, 초목을 생장하게 한다〔女夷鼓歌, 以司天和, 以長百穀禽鳥草木〕"라고 하였다.

리한 사미승'이라고 한 칭찬은 실로 신선의 말이지, 불에 익힌 음식
을 먹으면서 티끌세상에 사는 사람이 살펴보거나 알 수 있는 것이
아닙니다.

저처럼 고루한 사람이 어찌 형의 화보花譜와 화평에 대해 제 생각
을 말할 수 있겠습니까? 하지만 꼴 베는 아이와 나무꾼의 이야기도
천번을 생각하면 하나쯤은 얻는 것이 있습니다. 형의 고명함으로 혹
만에 하나라도 채택할까 하여 이에 감히 말씀을 드립니다.

화보를 살펴보니 종려와 서향을 꽃밭에서 기르지 않는 것을 못마
땅해하는 뜻이 있는 듯하니, 오히려 속됨을 면치 못할까 염려하여
다시금 이런저런 말씀을 드립니다. 또 감람이나 두약 같은 화훼는
우리나라에서 나지 않으므로 진실로 논할 것이 못 됩니다. 원추리
와 무궁화만 해도 본래 우리나라에서 나는 것임에도, 형께서 화보
에 수록하지 않고 또 화평에도 논하지 않았으니 무슨 까닭으로 그
렇게 하셨는지요?《시경》〈위풍衛風〉에서 "어찌 훤초諼草를 얻어 북
당北堂에 심을까?"²⁷라고 하였는데, 이것이 바로 원추리입니다.《시
경》〈정풍鄭風〉에서는 "함께 수레 탄 아가씨, 그 얼굴 순화 같네"라
고 하였으니, 이것이 바로 무궁화입니다. 원추리에 꽃이 달리면 의
남宜男²⁸이라 하고 함소含笑라고도 합니다. 송나라 시에 "풀이름 망

---

27 《시경》〈위풍〉 편에 나오는 시구이다. 원추리는 근심을 없애주는 꽃, 즉 망우초忘憂草라고도 불
    린다. 북당北堂은 모친의 거처를 이르는 말로 이곳에 원추리를 심어 모친의 근심을 덜고자 하는
    의미가 담겨 있다. 이로 인해 모친의 거처를 훤당萱堂이라 부르기도 한다.《시경》 원문에는 '焉得
    萱草, 言樹之背'로 되어 있으나《화암수록》 원문에는 '焉得萱草, 焉樹之背'로 되어 있다. 인용 과
    정에서 발생한 오기로 보인다.
28 원추리의 별칭이다. 원추리의 꽃봉오리 모양이 사내아이의 고추처럼 생긴 까닭에 임신한 부인

우忘憂[29]이니 무슨 일을 근심하며, 꽃 이름 함소인데 누굴 보고 웃는가"[30]라고 하였으니, 이 시에 나오는 것 또한 원추리입니다. 우리나라는 단군이 나라를 열 때 무궁화가 처음 나왔으므로 중국에서 우리나라를 일컬을 때면 반드시 근역이라고 하였습니다. 그렇다면 오직 이 무궁화만이 우리나라 옛날의 봄날을 누렸던 것입니다. 게다가 이 두 가지 꽃은 모두《파경葩經》[31]에 함께 수록되었고 공자께서도 필요 없다 여겨 지워버리지 않으셨으니, 어진 이나 어리석은 이나 모두 귀한 줄을 알았던 것입니다.

저 종려와 서향은 대체 어떤 글에 나오기에 형께서 이처럼 이 두 가지 꽃을 얻지 못하여 연연하는 것입니까? 이것은 자미화의 한 종류에 불과하니 백일홍이나 전추사와는 고만고만합니다. 원추리와 무궁화를 유독 화보에서 누락한 것은 매화를 홀로〈이소離騷〉[32]에 넣지 않은 일과 다름없습니다. 형께서 어찌 귀한 줄을 몰라서 그랬겠습니까? 틀림없이 소홀히 여겨 빠뜨린 것이겠지요.

종려와 서향은 귀로 듣기는 해도 직접 보기는 드문 것입니다. 원추리와 무궁화는 눈으로는 봐도 말로 듣기는 쉽지 않지요. 속담에

이 원추리를 허리에 차고 다니거나 머리에 꽂고 다니면 아들을 낳는다는 속설이 있다.

29 원추리의 별칭이다. 한대漢代의 의서《신농본초경神農本草經》에서는 원추리의 효능에 대해 "오장을 편안히 하고 정신과 의지를 안정시키며, 마음을 즐겁게 하고 근심을 잊게 한다〔主安五臟, 利心志, 令心好歡樂無憂〕"라고 하였다.

30 북송의 명신 정위丁謂의 시〈산거山居〉를 인용한 것이다.

31 《시경》을 가리킨다. 당나라의 문인 한유가〈진학해進學解〉에서 "《시경》은 바르고 꽃봉오리같이 아름답다〔詩正而葩〕"라고 한 데서 비롯되었다.

32 춘추 시대 초나라 굴원의 시이다. 굴원은 이 시에서 온갖 초목을 나열하면서도 매화만은 언급하지 않았다.

화암수록

이른바 듣는 것을 귀하게 여기고 보는 것을 천하게 여긴다 함은 속인들이 고집을 부려 우기는 것을 두고 하는 말입니다. 어찌 형의 고명함에다 빗대어 말할 수 있겠습니까. 그런데도 이른바 '능히 속됨을 면치 못하였다'고 하셨으니, 제 말이 틀렸는지요, 아니면 맞았는지요? 또 화보 가운데에 산당山棠에 대한 풀이가 있는데 과연 해당이라는 것이 있는지 또 산당이라는 별명이 있는지 모르겠군요. 대개 해당화는 없는 곳이 없지만, 무릇 중국 땅에서는 오직 서쪽 지방에서 많이 생산됩니다. 촉 땅에는 산이 많고 물이 적으니 가까운 산에는 없고 반드시 물이 적은 곳에 있을 겁니다. 습기를 미워한다고 해서는 안 되니, 아마도 해당이 아닌 다른 꽃이 아닐까 의심됩니다.

우리나라는 궁벽하게 동북쪽에 처하여 있어 계절이 항상 중국보다 늦습니다. 이 때문에 중국에서 2월 초에 피는 꽃이 우리나라에서는 혹 3월 말에 꽃을 피우고, 중국에서 3월 초에 피는 꽃은 혹 4월 중에 꽃을 피웁니다. 저 두견화처럼 봄이 오기 전에 꽃을 피우는 종은 봄철이 혹 늦어지면 이따금 4월 초에 꽃을 피우기도 합니다. 이것은 형과 내가 직접 목격한 것이지요. 4월에 이 꽃이 붉은 꽃을 터뜨리는 것은 이상한 일이 아닙니다. 원중랑이 "봄 들면 해당화로 …… 꽃꽂이한다"라고 말한 것 또한 이것이겠지요. 어떤 착각할 만할 단서라도 있었던 것입니까? 이는 대개 중국이냐 외국이냐에 따라 다르고, 또 계절의 빠르고 늦음이 같지 않기 때문입니다. 형의 박식함으로 어찌 이 꽃이 진짜 해당화가 아님을 의심할 수 있겠습니까? 형께서 이른바 매화에 접붙일 수 있다고 말씀하신 것은 해당화임이 분명

합니다.[33]

또한 온갖 화훼에는 향기가 있는데 오직 해당화에만 향기가 없습니다. 그런즉 해당화는 도리어 향기가 없음에도 오히려 이름이 온갖 꽃 위에 있습니다. 이 꽃은 매화와 비슷하나 붉고 향기가 없으며 여리니, 해당화임이 더욱 확실합니다. 바라건대 의심을 푸시고, 지금부터 진짜 해당화로 대우하시기 바랍니다. 이는 세속 사람의 말이 아니니 거듭 의심치 마십시오. 저 세속에서 말하는 해당화는 이름 없는 들꽃이 아니라면, 또한 자형화紫荊花[34]의 한 종류일 것입니다.

이제 못난 사람의 말로 삼가 꽃 주인(花主人)의 책상머리를 더럽히니, 그저 한바탕 웃을거리를 드리려는 것입니다. 혹시 가려 쓸 만한 것이 있겠는지요? 제가 비록 부족하지만 백화암의 벽에 붙일 글 한 편과 시 한 수를 지어 보내려 합니다. 하지만 가을 중에는 반드시 충청도로 나들이를 하게 될 터라, 돌아온 뒤에 마땅히 한 편의 시문을 지어 받들어 올리겠습니다. 이만 줄입니다. 1772년 임진 8월 22일.

종려에 대한 설명은 《설문해자說文解字》에 자세히 보이니, 아무렇게나 볼 꽃은 아닙니다. 윗글에서 이리저리 말하였던 이유는 격동激動되는 바가 있어서였습니다. 하지만 어찌 원추리나 무궁화가 예스럽고 귀한 것만 하겠습니까. 중국 한위漢魏 시대의 악부와 당송唐宋 시

---

33 "우리나라는 …… 분명합니다"의 해당화에 관한 안사형의 의견은 유박이 완전히 수긍하지 못한 까닭에 〈화목구등품제〉 5등 '해당' 항목에 안사형의 언급을 직접 인용하여 소개하는 방식으로 반영하였다.
34 자형화는 박태기나무의 꽃을 이른다.

화암수록

대의 시율에서 노래한 꽃나무가 몹시 많지만, 서향화는 비슷한 것조차 언급되지 않았으니 어이 족히 귀하게 여기겠습니까. 종려는 노란 꽃과 흰 꽃 두 종류가 있고, 열매는 꿀처럼 달며 모양은 생선알과 같습니다. 이 때문에 목어木魚라고도 부르니, 두보杜甫의 시와 소동파의 문장에 보입니다. 무궁화는 흰 꽃과 붉은 꽃, 두 종류가 있습니다. 흰 꽃은 꽃술과 빛깔이 백작약과 같습니다. 형께서 혹 이제껏 흰 꽃을 보지 못하였기 때문에 화보에 넣지 않은 것인지요. 《시경》에 이른바 "그 모습 순영 같네"라고 하였는데, 분명히 흰 무궁화를 가리켜 견준 말일 겁니다. 6, 7년 전, 제가 흰 무궁화를 충주 땅에서 보았습니다.

죽은 셋째 딸[35]을 보내는 제문

1777년 정유 3월 정묘삭丁卯朔 초7일 계유에, 아비는 죽은 딸 완아婉兒의 영전에 고하노라. 아아, 슬프다. 지난겨울 너의 병이 몹시도 위중하여 거의 죽을 뻔하다가 다시 살아났지만, 가난하여 능히 너를 위해 보양식을 해주지 못하고 거친 죽과 이런저런 채소만 먹여 원기가 크게 상해, 남은 병증이 허한 틈을 파고들어 마침내 이 지경에 이르고 말았다. 아비 됨을 책망하며 몹시 아프게 상심하노라. 만일 좋은 음식이 있어 원기를 보양하고 의원과 약으로 병의 근원을 다스렸더라면, 네가 비녀를 꼽을 나이(及笄)[36]가 되었을 것이다. 진실로 너를 성인으로 키워, 무능한 너의 부모처럼 아무 하는 일 없이 죽기만 기다리게 하지 않았더라면, 네가 반드시 이처럼 일찍 죽지는 않았을 것이다. 하지만 어느 한 가지도 뜻대로 되지 않았으니, 부모자식 간

---

35 《문화유씨세보文化柳氏世譜》에 따르면 유박은 파평 윤씨 집안의 윤석중尹錫中의 딸과 혼인하여 딸 셋을 두었다. 성년이 되기 전에 사망한 셋째 딸을 포함하여 자식은 이보다 더 많았던 것으로 보인다. 세 딸은 각기 신세사, 이정륜, 조항규와 혼인하였다. 아들이 없어 재종형 유숙柳潚의 아들 유득구柳得九를 입계하여 대를 이었다.

36 급계及笄는 비녀를 꽂는다는 뜻으로 혼인이 가능한 성년이 되었음을 가리킨다. '급계지년及笄之年'이라는 말로도 쓰인다. 《경국대전經國大典》에 "남자는 15세, 여자는 14세에 결혼하는 것을 허락한다(男年十五, 女十四, 方許婚嫁)"라는 규정이 보인다.

에 남은 한이 어떠하겠느냐.

아아, 슬프다. 유순한 덕과 청아한 자태, 얌전한 태도는 지금도 눈에 또렷하여 사물을 대할 때마다 잊기가 어렵구나. 지난 며칠간 저물녘이면 마음을 가눌 길 없어 마치 보이기는 해도 형상이 없고, 들리는 듯하나 소리는 없는 것만 같았다. 이 세상이 아득하여 소식을 전할 길이 없구나. 너는 정말로 날개가 달려 신선이 되었더란 말이냐. 한결같이 네 언니의 꿈속에서만 보이는구나. 이승과 저승이 비록 길은 달라도 부모와 자식의 은정이 깊으니, 네가 꿈속에서라도 정녕코 한마디만이라도 전해주지 않겠느냐.

아아, 슬프다. 평소 너의 일 가운데 글로 남길 만한 것은 네가 차마 말하지 못하고 또 차마 쓰지도 못했을 것이다. 너는 이번 달 초1일 인시寅時에 부모를 버리고 영영 떠났다. 7일인 이날 너를 선영 아래에 장사지내니, 네가 먼저 돌아가 나의 부모를 모실 수 있게 되었다. 저승에서 넋이 기댈 바가 있게 되었으니, 다시 어찌 깊이 슬퍼하겠는가. 변변치 않은 제물로 한번 통곡하며 영원히 작별하니, 넋은 흠향할진저.

분매   盆梅

백화암의 십이월   花菴十二月
늙은 매화 한 그루.   篤老一槎梅
창밖 눈발 흩날리며   蕭蕭窓外雪
향기 찾아 오누나.   細細逐香來

또   又

해묵은 매화 두세 그루가   古梅三兩樹
섣달 눈 속에 내 집서 폈다.   臘雪政儂家
말 없이 마주 앉아 있자니   無言相對坐
비낀 가지에 향기 진동해.   香動一枝斜

또

주인은 '매농'이라 자칭한다.

마주해 한 조각 마음은 희고
매화가 나요 내가 매화라.
먼지 하나도 꼼짝 않는데
창 밖 달빛만 혼자 거닌다.

또

밤 깊어 말소리도 끊겼는데
집은 고요한데 달이 떠올 제.
이 마음 한 점의 얽매임 없어
한잔 술 그대에게 따르고 싶네.

또

서호의 한밤중 눈 내리더니
향기가 둘째 가지에서 풍긴다.
꿈조차 해맑기 이와 같아서
성근 창의 매화 위로 달이 뜨누나.

又

主人自稱梅儂

相對片心白
梅儂儂是梅
一塵時不動
窓月獨徘徊

又

更深人語絶
菴靜月生時
此心無點累
一酌與君宜

又

西湖半夜雪
香自亞枝來
夢寐淸如許
踈窓月上梅

또

눈 맞아 네가 흰가 의심이 나서
등불 옮겨 자세히 바라보았지.
보는 중에 해맑음 뼈에 엄습해
바람 달도 추위를 못 이긴다네.

又

犯雪疑君白
移燈仔細看
看來淸襲骨
風月不勝寒

제야에 매화를 마주하고

섣달 매화 등걸에 봄이 또 오니
맑은 기운 산 속 집을 흔드는구나.
시든 등불 한 해를 지키는 이 밤
한가로이 두 해 핀 꽃 마주하누나.

除夜對梅

臘槎春又到
淑氣動山家
殘燈守歲夜
閑對二年花

푸른 가지 매화

매화 구경 오묘한 이치 있으니
꽃 붙은 등걸만 찾지 않으리.
눈에 쏙 들어오는 푸른 가지 위
그 정신이 꽃보다 훨씬 낫다네.

靑枝梅

看梅有妙理
不獨着花槎
突兀靑枝上
精神勝有花

화암수록

매화와 나누는 문답   與梅問答

병 앓으며 열흘간 누워 지냈더니   吟病一旬臥
누굴 위해 너는 꽃을 저리 피웠나?   爲誰爾放花
무심히 간밤에 눈이 내리니   無心前夜雪
섣달 소식 그대 집에 전해주려고.   臘信近君家

국화   菊

부슬부슬 구일에 비 내리더니   蕭蕭九日雨
동쪽 울에 국화가 많이 피었네.   多發東籬花
도연명이 살던 집과 비슷도 하여   彷彿徵君宅
바람서리 꽃잎을 침범 못 하리.   風霜不染葩

대나무   竹

풀도 나무도 다 아니거니   非草亦非木
찬 날씨에 너 홀로 이리 푸르다.   歲寒獨也靑
아무도 그대를 중히 안 봐도   無人君不重
열 자나 꼿꼿이 서서 있구나.   十尺見亭亭

월사계　　　　　　　　　　　　　　　　月四季

중국의 그림에는 이 꽃이 많이 나온다. 하지만 지금도
《본초강목》에서 무슨 이름으로 부르는지 몰라
다만 우리나라 토산이라 일컫는다. 당나라 시에
정원에 핀 사계화를 노래한 구절이 있다.[37]

唐畵多寫此花. 而尙不知本草中爲何名,
只稱我國土産. 而唐詩有咏園開四季花
一句.

운치 고와 달밤마다 붉은 꽃 피니　　　　　　韻多月月紅
본초 중 어느 꽃에 해당하려나.　　　　　　　本草誰相當
이름 없는 꽃이 절대 아니니　　　　　　　　不是無名花
모름지기 중국 그림 속에서 보라.　　　　　　須看唐畵上

홍벽도　　　　　　　　　　　　　　　　紅碧桃

붉고 흰 꽃 너무도 화려하여서　　　　　　　紅白極繁麗
고운 빛 늦봄까지 가득 넘치네.　　　　　　　韶華溢晩春
어여뻐라 풍류가 넘치는 이곳　　　　　　　可憐風流地
한스러움 녹여줄 정인이 있다.　　　　　　　消恨有情人

영산홍　　　　　　　　　　　　　　　　暎山紅

영산홍 붉은 해와 비슷하여서　　　　　　　暎山紅似日

37　당나라 시인 주요의 〈송인위검중〉을 이른다. 46쪽의 각주 38) 참조

꽃 피자 청산이 온통 붉구나.　　　　花發青山紅
뽐내며 뜨락의 공물[38]이 되니　　　自得爲庭實
가난한 집 부자가 된 것만 같네.　　貧家富貴同

모란　　　　　　　　　　　　　　牡丹

봄 다한 여름 초입 하늘의 향기　　天香春盡初
국색이 온갖 꽃의 으뜸이라네.　　國色百花上
꽃 숲의 권세를 혼자 차지해　　　專擅華林權
해마다 목덕[39]의 임금 되시네.　　年年木德王

작약　　　　　　　　　　　　　　芍藥

적막히 봄도 먼저 돌아간 뒤에　　寂寞春歸後
부귀로운 그 자태 곱기도 하다.　　嫣然富貴姿
섬돌에 바람이 계속 불어와　　　當階風不定
뒤적이며 시인의 시를 찾누나.　　翻索韻人詩

38　정실庭實은 궁궐의 뜰에 진열된 공물을 이른다.
39　하늘이 초목을 길러내는 은덕, 즉 만물을 소생시키는 봄의 덕을 가리킨다.

장미

창문 앞 밤새도록 비 내리더니
장미꽃이 여기저기 많이 피었네.
시절의 적막함이 가엽다는 듯
그 모습 산속 집을 흔드는구나.

薔薇

牕前一夜雨
多發薔薇花
似憐時寂寞
物色動山家

왜석류

곧은 석류 위쪽이 우산 같은데
내 눈썹과 나란히 높이 섰구나.
백금 주고 시장에서 사 오던 날에
일본 사람[40] 아깝다며 자꾸 울었지.

倭石榴

直榴上似傘
立當我眉齊
百金交市日
漆齒惜頻啼

유월 육일, 파총 유한종이 두 그루 매화를 접붙임에 기뻐하며 '매梅' 자를 운으로 짓다

六月六日, 劉把摠漢宗,
倚接兩梅樣, 喜拈梅字韻

유군이 말을 타고 찾아와서는

劉君匹馬來

---

40 칠치漆齒는 앞니에 검은 물을 들이는 풍습을 가진 일본인들을 가리키는 말이다. 왜석류가 일본
   에서 건너온 품종이기 때문에 이렇게 말한 것이다.

화암수록

두 그루 매화에 접을 붙였네.　　　　　　　　　倚接兩樼梅
부슬부슬 때마침 비가 내리니　　　　　　　　霏霏時帶雨
소식 받아 이끼가 돋아났구나.　　　　　　　　消息已生苔

꽃구경하면서 '화花' 자 운으로 짓다　　　　賞花拈花字韻

앞산으로 꽃구경 나가 보려고　　　　　　　　前山欲訪花
지팡이에 돈 달고[41] 가 봄 술을 샀지.　　　　春酒掛錢賖
화로 앞에서 한 말 술 기울이는데　　　　　　當爐傾一斗
문 밖에는 버들가지 나부끼누나.　　　　　　門外柳條斜

또　　　　　　　　　　　　　　　　　　　又

떨어지는 꽃잎이 애석도 하여　　　　　　　　爲惜落來花
옷을 전당 잡혀서 술 실컷 샀네.　　　　　　典衣酒剩賖
취하여 희황 시절[42] 꿈을 꾸다가　　　　　　醉做義皇夢
깨고 보니 산속 해가 기울었구나.　　　　　覺看山日斜

---

41 패전掛錢은 위진 시대 진晉나라의 완수阮修가 외출할 때마다 지팡이 끝에 술값으로 치를 돈을 걸
　　어놓고 주막이 나오면 취하도록 마신 고사에서 나온 말이다. 장두전杖頭錢이라고도 한다.
42 중국 고대의 전설적인 제왕 복희伏羲가 다스리던 시절로 태평성대를 이른다.

앞에 쓴 운자로 안사형에게 지어 주다　　　　　前韻贈安士亨

벽도가 어느새 꽃을 피웠기에　　　　　　　　碧桃已綻花
옆집서 외상술을 사 왔다네.　　　　　　　　　比舍酒堪賖
내 벗은 아무런 소식이 없고　　　　　　　　　故人無信息
창밖 해는 서편에 뉘엿 기운다.　　　　　　　窓外日西斜

2수　　　　　　　　　　　　　　　　　　　其二

온갖 꽃들 활짝 펴도　　　　　　　　　　　　參差有百花
잘 익은 술 못 마시네.　　　　　　　　　　　酒熟亦非賖
기다려도 소식 없어　　　　　　　　　　　　待子無消息
문 나서자 해가 진다.　　　　　　　　　　　出門落日斜

안사형의 편지가 왔는데 부채 하나를　　　士亨書來, 兼贈一箑,
함께 보냈기에 시로 답하다　　　　　　　故詩以答之

포도넝쿨 시렁 아래 서 있으려니　　　　　　葡萄架下立
때마침 벗의 편지 당도하였네.　　　　　　　時有故人書
서둘러 봉함을 열어보는데　　　　　　　　　忙手開緘處
맑은 바람 내게 훅 끼쳐오누나.　　　　　　　清風忽襲余

화암수록

시 백 수를 얻고서
안사형이 나를 북돋워준 데 감사드리다

詩得百首,
呈謝士亨起余

마흔 살에 까마귀 글 끼적였는데
그 누가 고적[43]에다 견주시는가?
이제껏 일 백 수 시 지은 것은
모두 다 벗이 준 것 감사드리네.

四十鳥乎文
誰令高適比
邇來百首詩
都謝故人賜

손님이 와서

客來

달 오고 꽃도 핀 오늘 이 밤에
손님 오고 술도 맞게 익은 이때에.
거문고로 화암구곡 노래하노니
어이 굳이 새 시를 찾을까 보냐.

月到花開夜
客來酒熟時
張琴歌九曲
何必覓新詩

고산

孤山

일명 숭대라고도 한다.

一名崇臺

---

43 당나라의 대표적인 시인이다. 자가 달부達夫이며 시호는 충忠이다. 하북성 출신으로 젊어서 이
    백李白, 두보 등과 교유하였으며, 형부시랑, 산기상시 등을 역임하였다. 변경에서의 이별과 외로
    움, 전쟁의 비참함 등을 노래한 변새시邊塞詩로 유명하다.

십 리의 물과 구름 가장자리요　　　　　　十里水雲邊
훨훨 나는 흰 새 바로 앞이라.　　　　　　翩翩白鳥前
천길 높이 세상 밖 절벽인데도　　　　　　千尋物外壁
오히려 인가 연기 젖어든다오.　　　　　　猶濕百家煙

우연히 읊다　　　　　　　　　　　　偶吟

떠돌다 작은 집에 묵어 자려니　　　　　　雲宿三簷屋
긴 하늘 하나의 이부자리라.　　　　　　　天長一領茵
뜰 가득한 가을의 달빛 아래서　　　　　　滿庭秋月下
혼자 앉은 한가한 사람이라네.　　　　　　獨坐是閑人

제야　　　　　　　　　　　　　　　　除夜

이 밤은 여전히 묵은해지만　　　　　　　此宵猶舊歲
내일 되면 새봄이 시작된다네.　　　　　　明發卽新春
순식간에 지나가는 세월 속에서　　　　　　倏忽光陰裏
붉은 얼굴 다시금 몇이나 되리.　　　　　　朱容復幾人

치자

초록 잎에 누런 열매 달리더니만
겨울 맞아 기이한 빛깔을 낸다.
남녘의 토성이라 말하지 마소
화분 위에 얹어도 어김없나니.

梔子

綠葉承黃子
方冬見異輝
莫言南土性
盆上竟無違

칠언절구

우연히 읊다

근년 들어 병 많아도 화초 욕심 더 강해져
열 그루의 꽃나무로 향기가 넉넉하다.
옆 사람아 화목에 탐닉한다 웃지 마소
티끌세상 옳고 그름 따짐보단 나을 테니.

偶吟

多病年來草癖强
十株花木足芬芳
傍人莫笑耽紅綠
猶勝塵間說否藏

또

엷은 구름 단비 내려 온갖 꽃 환하더니
안개 빛 자옥하여 수심을 일으키네.
두세 가지 병에다 알맞게 꽂아놓자
봄이 온 백화암에 일마다 그윽하다.

又

淡雲膏雨百花曉
煙色迷離更惹愁
兩三瓶揷齊踈密
春到花菴事事幽

또

서울에 자취 끊고 스무 해 봄 지났는데
한가할 젠 꽃 가꾸며 어울려 친했었지.
초록 시전詩牋[44] 멋진 글씨 물을 것이 많은데도
맑은 이름 훔쳐 얻음 시인에게 부끄럽다.

또

낮에 냇가 향해 가서 낚시 파해 돌아와선
꿈속에 나비 되어 꽃 둘레를 날았다네.
골짜기 새 울음에 깜짝 놀라 일어나니
석양의 산 그림자 사립문을 건너온다.

'계溪' 자는 본래는 '기磯' 자다.

또

적막한 산속 집에 이경이 되려 하니
바람 맑고 달빛 밝은 이때의 정경일세.

---

44 초록색 바탕에 시나 편지 따위를 쓰도록 만들어진 종이이다.

又

跡絶京華二十春
閑來花事偶相親
綠牋瓊字還多問
偸得清名愧韻人

又

日向溪頭罷釣歸
夢爲蝴蝶繞花飛
谷鳥一聲驚起坐
夕陽山影度關扉

溪字本磯字

又

寂寂山齋欲二更
風清月白此時情

마음속에 속된 기운 하나 없음 깨달으니   頓覺靈臺無俗累
꽃 그림자 밟고 와서 물결 소리 듣노라.   踏來花影聽潮聲

소나무   松

그 누가 너를 심어 천년 서리 견뎠으니   阿誰栽汝閱千霜
큰 건물 밝은 집에 기둥감에 합당하다.   大廈明堂合棟梁
거센 바람 드센 눈 상관하는 사람 없어   獰風虐雪無人管
누운 가지 정정하여 한 언덕이 되었구나.   偃盖亭亭自一崗

대나무   竹

동쪽 뜨락 대를 심어 달이 돋아 오는 이때   栽竹東庭月出時
대는 맑고 달빛 밝아 둘이 서로 걸맞구나.   竹淸月白兩相宜
일천 줄기 만길 높이 솟아나길 기다려서   待得千竿抽萬丈
티끌 먼지 쓸어내면 몹시도 기이하리.   掃來塵垢十分奇

국화   菊

눈 가득 가을 바람 저밀 듯 불어오니   滿目西風吹肅殺

사방 산의 누런 잎에 가을 소리 시끄럽다.　　　四山黃葉鬧秋聲
쓸쓸히 다만 홀로 동쪽 울에 국화 있어　　　騷騷獨有東籬菊
고인의 높은 정을 간직하고 있구나.　　　剩帶高人不世情

매화　　　　　　　　　　　　　　　　　　梅

금서에 눈 내리고 달 기울어지려 하니　　　雪壓琴書月欲仄
한겨울 막막하다 오경이 다 된 이때.　　　玄冬漠漠五更時
하늘 마음 매화의 정신으로 변화하여　　　天心獨與梅神化
새 향기 차갑게 마른 가지에 붙었구나.　　　冷澁新香着瘦枝

1구의 '측仄'자는 혹 '수垂'자로도 쓴다.　　　仄字或作垂字

또　　　　　　　　　　　　　　　　　　又

시옹은 초췌하고 화공은 근심겨워　　　詩翁憔悴畵工愁
백폭 종이 천장 원고지 모두 버려두누나.　　　百幅千牋惣不侔
매화의 정신과 방불한 곳 알려거든　　　欲知彷彿精神處
설창에 반달 뜰 때 시험 삼아 보소서.　　　試看雪牕月半鉤

신마가 도서圖書를 등에 진 것 같은 매화 등걸 　　　神馬負圖槎梅

도서 등 진 나무 말에 매화꽃이 기이하니 　　　負圖木馬五花奇
하도낙서河圖洛書 자취인가 세상 절로 의심하네.[45] 　　　河洛神蹤世自疑
괜스레 조갱[46] 자질 빚어내게 하여서 　　　空將陶化調美質
애오라지 산사람이 시 재료로 삼게 하네. 　　　謾作山人賦比資

두꺼비의 정기가 엉긴 듯한 매화 등걸 　　　蟾蜍凝精槎梅

달을 아껴 두꺼비가 달빛을 삼키다가 　　　愛月蟾蜍蝕太清
유령 땅에 귀양 와서 매화가 되었구나. 　　　謫來庾嶺化梅兄
정기 엉겨 삼경이면 흰 빛을 토해내니 　　　凝精每吐三更白
계수 그림자 하늘 향기 구만리나 떨어졌네. 　　　桂影天香九萬程

매화를 읊어 남에게 주다 　　　咏梅贈人

찬 침상에 한기 스며 꿈조차 못 이루고 　　　雪透寒床夢不成

45　고대 중국 복희씨 때에 황하에서 용마龍馬가 하도河圖 55점을 지고 나온 일을 말한다. 여기서는
　　매화 등걸의 자태를 하도를 지고 나온 신마의 모습으로 비유한 것이다. 하도낙서는 태평성대의
　　조짐으로, 고대 중국에서 예언수리의 기본이었다.
46　간을 맞추어 국을 끓인다는 말로 재상이 임금을 보필해 나라를 다스린다는 의미를 담고 있다.
　　《서경書經》〈열명說命〉하下 편에서 중국 은나라 고종이 부열傅說에게 "내가 국을 요리하거든
　　네가 소금과 매실이 되어라[若作和羹, 爾惟鹽梅]"라고 한 데서 유래하였다.

스산한 봄빛에 매형을 마주했지.　　　　　　　蕭蕭春色對梅兄
하룻밤 그리움이 향기로 변화하니　　　　　　相思一夜香全化
창 달빛 틀림없이 너와 나의 마음일세.　　　　窓月分明爾我情

매화와 작별하고　　　　　　　　　　　　　別梅花

문 닫아 향기 잡아도 붙들지 못하겠고　　　掩戶留香留不得
봄바람 힘을 잃어 이별하는 이 밤중.　　　東風無力別離宵
남은 꽃도 다 지고 봄날은 적적한데　　　落盡殘花春寂寂
오경에 비낀 달빛 꿈길에 아득하다.　　　五更斜月夢迢迢

여러 벗과 연화봉에 올라 꽃구경을 하고　　與諸益登蓮花峰賞花,
'화花' 자를 운자로 삼아 짓다　　　　　　　拈韻得花字

온종일 봄놀이는 이 꽃 보기 위함이니　　盡日春遊爲是花
촌 할멈 술 권하며 외상은 안 된다고.　　村婆勸酒不須賖
물소리와 산 빛이 내게 오래 머물더니　　水聲山色留人久
하늘가 바라보니 저문 볕이 비꼈네.　　　極目天涯暮景斜

또

남산 꽃이 북산 꽃을 마주하고 섰는데
냇가의 한가한 새 돌길에 여유롭네.
온 세상 모두 다 봄빛에 잠겨 있고
여기저기 술집 깃발 하루해가 저무네.

또

이날 잔치에 갔다.

굽이굽이 맑은 시내 곳곳에 꽃이 피고
저 멀리 섬들은 만 겹인 듯 아득하다.
장안에선 이날에 노래와 춤 흥겨우리
구름 걷힌 연화봉 한 모서리 기울었네.

삼월 보름날 밤

봄바람 밝은 달에 온갖 꽃향기 나니
삼월하고 보름밤의 달빛이 으뜸일세.
꽃향기와 달빛을 늘상 얻게 된다면
이 고장이 곧 바로 낭원과 요대⁴⁷이리.

又

南山花對北山花
流水閑禽石路賒
千家共得春光濕
多少靑帝日欲斜

又

是日進宴

曲曲淸流處處花
平臨島嶼萬重賒
長安是日多歌舞
雲捲華山一角斜

三月十五夜

東風明月百花香
最是三月十五光
花香月色如常得
琅苑瑤臺卽此鄕

또

하늘 가득 밝은 달빛 뜨락엔 꽃 가득한데
꽃과 잎이 포개져서 기운 달빛 잠겼구나.
이 날은 봄빛에도 공도가 남아 있어
풍류가 가난한 집에 제 스스로 찾아왔네.

又

滿天明月滿庭花
花葉重重帶月斜
是日春光公道在
風流猶自屬寒家

또

당나라 때 밝은 달과 송나라 때 꽃이거니
이백과 소강절이 술에 취해 기댄 듯해.
두 분은 세상에서 다시 얻기 어려운데
천년간 이런 집을 물색하고 다녔다니.

又

唐時明月宋時花
白也堯夫醉裏斜
二子人間難再得
千年物色等閒家

달빛이 괴석에 비치기에
돌 그릇 가운데 물을 담다

暎得月色在恠石,
石盒中貯水

삼봉의 괴석이 쫑긋쫑긋 푸른데

三峯恠石碧叢叢

---

47 낭원과 요대는 중국 고대 선계의 이름이다. 낭원은 곤륜산 꼭대기에 있는 낭풍산으로 신선의 정
    원을 가리키는 말로 자주 쓰인다. 요대는 곤륜산 꼭대기에 있는 옥으로 장식한 누대를 말한다.

한 바가지 물을 담아 돌그릇에 담았네.　　貯水一升在盆中
하늘 위 달빛이 그 물 위에 찍히면　　尙得印來天上月
맑은 빛 능란하여 바람도 못 이기리.　　清光凌亂不勝風

서울 어귀에서 고향으로 돌아와　　自京口還鄉舟,
현석의 시 〈문적〉에 차운하다　　次玄石聞笛

봄바람에 술집 다락 취하여 내려와서　　醉下東風酒肆樓
오강의 밝은 달에 돌아오는 배를 탔지.　　五江明月上歸舟
어떤 이 느닷없이 삼경에 피리 불자　　何人忽送三更笛
녹수와 청산이 온통 모두 객수일세.　　綠水靑山揔客愁

잠두봉 서쪽 강희천의 정자에서 묵으면서　　宿蠶西姜希天亭子

풍류스런 공자님의 해묵은 강산인데　　風流公子舊江山
어느 해에 정자를 사 여기에 머무시나.　　買得何年住此間
누워서 선유봉 위 솟은 달을 마주 보다　　臥對仙遊峰上月
아이 불러 객이 되어 고기 잡아 돌아오네.　　呼兒爲客獵魚還

안사형에게 주다

이월이라 은성에 버들가지 흩날리니
이별 근심에 나귀 세웠던 그 다리가 생각나네.
기러긴 북녘 간 뒤 소식이 아예 없어
한 통 편지 사흘 묵혀 오늘 아침 보내노라.

贈士亨

二月銀城拂柳條
離愁尙憶立驢橋
鴻鴈北歸消息少
一書三宿付今朝

사장이 찾아왔기에

꽃 피어난 정원 깊어 먼 사람을 그렸더니
잠시라도 그대 함께 맑은 만남 기쁘도다.
빠른 세월 못 잡아도 오늘 밤은 이리 기니
길 위 먼지 바라보는 백발이 새롭구나.

士章來訪

花發庭深憶遠人
喜君相對暫淸眞
皎駒未繫今宵永
瞻望行塵白髮新

오월 십일

개구리 마구 울고 대낮 방아질 다급한데
물을 대고 밭 갈면서 농사일을 배운다네.
도롱이 옷 입고 돌아와 처마 밑에 서서 보니
십여 가지 이름난 꽃 빗속에 피었구나.

五月十日

蛙鳴閣閣午春急
灌隴課耕學圃翁
簑衣歸立踈簷下
十數名花自雨中

하서 이성엄[48]의 시에 차운하다   次李荷西聖儼韻

하서가 계방 고을 찾아와서 술 취하니   荷西來醉季方鄉
삼복에 맑은 시가 서리인 양 시원하다.   三伏淸詩凜似霜
오늘 저녁 우리 집을 비추는 저 달빛이   遙知此夕儂家月
고인이 시 짓는 책상에 뜬 줄을 알겠구나.   政在高人覓句床

앞의 운자로 안사형에게 지어 주다.   前韻贈士亨.
이때 시선을 보았다   時看詩選

꾸벅꾸벅 졸다 보니 술 나라가 환한데   睡着遙遙白醉鄉
진나라 산 초나라 물에 가을 서리 가득하다.   秦山楚水剩秋霜
깨어나니 여전히 당시선이 놓였는데   覺來尙對唐詩選
바람이 책 옮겨가 절반만 상에 있네.   風動編張半在床

하서에게 주다   呈荷西

냇물에 귀 씻고서 속세 정을 벗어나니   洗耳溪水出塵情

---

48 이장보를 이른다. 성엄聖儼은 자이고 하서荷西는 호이다. 유박이 〈화암만어〉에서 꼽은 열 명의
    벗 중 한 명인 이장익의 맏형이다. 《화암수록》에는 이장보의 시에 차운하거나 그와의 친교를 소
    재로 쓴 시가 5수 실려 있다.

버드나무 바람 맞아 밤낮으로 우는구나.　　　楊柳風前日夜鳴

하서가 안석 기대 눕게끔 한다면　　　　　　惹得荷西凭几臥

해맑은 그 맛이 꿈속의 소리이리.　　　　　　一般淸味夢中聲

하서에게 절구 한 수를 주고 화답하여 드리다　　　荷西贈一絕和呈

그대의 맑은 시가 여리고도 정밀해서　　　　夫子淸詩細且精

보슬비가 봄의 성을 적심과 다름없네.　　　　忽如微雨濕春城

붉고 흰 꽃 현란하여 원근을 단장하매　　　　紅白纈爛粧近遠

도리어 놀던 이들 갈 길 잃게 하누나.　　　　還使遊人失去程

사위 신조범[49]의 무덤에 곡하다　　　　　　哭愼郎祖範墳墓

거친 산에 말 세우니 살쩍마저 희게 셀듯　　立馬荒山鬢欲皤

끊긴 구름 시든 풀에 빗소리만 시끄럽다.　　斷雲衰草雨聲多

49　유박의 맏사위 신세사를 가리킨다. 조범祖範은 그의 자이다. 남인 계열의 학자 하빈河濱 신후담
愼後聃의 맏손자로, 무덤은 경기도 파주 교하에 자리하고 있다. 《문화유씨세보》에는 유박의 맏
딸이 신세창愼世昌에게 시집간 것으로 되어 있으나, 《거창신씨세보居昌愼氏世譜》에는 신세사
의 아내[配]로 기재되어 있다. 《화암수록》에는 신세사의 죽음에 관한 3수의 시가 실려 있다. 그
중 〈사돈 신성경의 시 〈별후〉에 차운하다[次愼査誠卿別後韻]〉에서 유박은 자식을 잃은 부모의 간
장이 끊어지는 슬픔과 사위의 죽음에 곡하는 원통한 심정을 노래한 바 있다. 아들을 먼저 보낸
아비와 사위를 잃은 장인이 시를 주고받으며 서로를 위로한 것이다.

외로운 무덤 다 돌아도 넋은 아무 말이 없어   孤墳繞盡魂無語
황혼에 눈물 뿌리며 적막히 지나노라.   淚灑黃昏寂寞過

무술년

戊戌

2월에 내가 우리 고을 향교를 옮겨 짓는 일에 책임을 맡아   二月, 余管本郡鄕校移建之役,
여섯 달이나 오래 머물렀는데 윤달이 든 7일 밤에 짓다.   久滯六朔, 閏月七日夜賦得.

한 달간 내리던 비 이 밤에 개고 보니   積雨三旬霽此宵
비낀 달이 침상 위를 비추는 것 다시 보네.   更看斜月暎床上
글방에서 오랜 객지 생활 근심에 잠 못 들며   黌堂久客愁無眠
빈산의 냇물 소리 지겹도록 들었다오.   耽聽空山澗水響

꽃 사이에서 달빛 속을 걷다

花間步月

대는 맑고 달은 희어 서로가 걸맞은데   竹淸月白已相宜
달빛 아래 매화 등걸 비쩍 말라 기이하다.   月下梅槎矧瘦奇
매화와 대 그림자 속 이 내 몸도 건강하니   梅竹影中身復健
백년 인생 마음 일을 알아줄 이 그 누구리.   百年心事有誰知

새 매화

新梅

묵은 등걸 질그릇 화분, 등걸도 다 늙어서
작은 창에 그윽한 달 마주하기 딱 좋구나.
쌓인 눈이 처마를 누른다고 말을 마소
새 향기를 보내와서 나의 시를 구하누나.

槎老瓦盆槎已老
小窓幽月對相宜
莫言積雪連簷壓
猶送新香索我詩

오언율시

매화	梅

세밑이라 백화암은 썰렁도 한데 / 歲晏花菴冷
한 그루 매화가 드리웠구나. / 垂垂獨樹梅
얼음 옥같이 고결한 성품 / 偏憐氷玉性
늦서리에 꺾이는 일 아예 없다네. / 不作雪霜摧
옛 운치 빈 처마에서 얻으니 / 古韻虛簷得
엷은 달빛 그윽한 향기 풍기네. / 幽香淡月來
그대의 진중한 뜻 하도 고마워 / 感君珍重意
마주 보며 몇 잔 술 따르는도다. / 相對數斟盃

또	又

차가운 매화나무 보배로운데 / 珍重寒梅樹
성근 가지 네댓 개 받치고 있네. / 扶踈四五柯
너는 솔·대·국화보다 한층 높은데 / 爾高松竹菊

나는 황·소·하⁵⁰에 부끄럽구나.　　　　　　我愧黃蘇何

문 밖은 온통 모두 티끌의 풍속　　　　　　戶外都塵俗

매화 감실에만 홀로 태화가 있네.　　　　　　龕中獨太和

무심히 서로 마주 보고 있는 밤　　　　　　無心相對夜

비낀 달이 나와 함께 흐뭇하구나.　　　　　　斜月共婆娑

우연히 읊다　　　　　　偶吟

백화암에 봄이 이미 이월이 되니　　　　　　花庵春已仲

그윽한 흥 날마다 더해만 간다.　　　　　　幽興日相添

구름 속에 아침 비 흩뿌리더니　　　　　　雲中成朝雨

한가한 새 주렴에서 뒤늦게 운다.　　　　　　鳥閑語晚簾

손님 오면 옷 맡겨 술을 사 오고　　　　　　客來衣典酒

시 짓자 명주 천에 먹물 흐르네.　　　　　　詩就墨流縑

많고 많은 산속의 이 같은 흥취　　　　　　多少山中趣

백년 인생 못 지킴이 부끄럽구나.　　　　　　百年愧不廉

---

50 송대의 이름난 시인들을 가리킨 말이다. 황은 황정견黃庭堅, 소는 소식蘇軾이다. 하 씨 성을 가
　　진 이는 누구인지 분명치 않다.

고을 여러 벗들의 동료에게 주다   贈邑中諸益接中

고을 포구 흘러서 바다로 들고   郡浦東流海
마을 산은 북쪽 향해 절을 올리네.   邑山北拱天
땅 영험해 준걸이 많이도 나고   地靈多傑俊
문학은 뛰어난 이 차고 넘치네.   文學足良賢
팔백 호 밥 짓는 연기 이는 집   八百浮烟戶
성곽과 밭을 등진 채 들쭉날쭉해.   參差負郭田
한양에서 나랏일 하는 인사들   漢城方策士
이름과 성 몇 명이나 전해졌던고.   名姓幾人傳

고을의 여러 벗과 남산에 올라   與邑中諸益登南山賞花
꽃구경을 하다

산 남쪽 북쪽에서 모임 가지니   山南山北會
봄빛이 몇 번이나 지나갔던고.   春色幾番過
푸른 풀 오늘 아침 더욱 여리고   靑草今朝嫩
그윽한 꽃 오늘 따라 곱기도 하다.   幽花是日多
냇물 소리 간밤 비가 더 보태지자   澗聲添宿雨
갈매기 꿈 맑은 물결에 떠다니누나.   鷗夢泛淸波
나그네 흥취를 알겠다는 듯   似解遊人興
꾀꼬리 예서제서 노래 부르네.   流鶯處處謌

       화암수록

또

돌길에 푸른 이끼 미끄러우니
간밤에 비 한 차례 지나갔구나.
백년 인생 좋은 모임 많지가 않고
삼월이라 들꽃은 많기도 하다.
들밥 내온 아낙은 새 밭에 가고
고깃배 물 거슬러 올라오누나.
이려이려 소를 모는 어떤 나그네
길고 짧은 석양 노래 가락도 좋다.

又

石逕蒼苔滑
前宵一雨過
百年佳會少
三月野花多
饁婦歸新塏
漁舟上逆波
叱牛何處客
長短夕陽歌

또

진작에 꽃구경을 약속했더니
봄 산에서 꾀꼬리 노래를 듣네.
묵은 이내 푸른 기운 가득 쌓이고
여린 풀 깊은 근심 불러내누나.
은포 물결 거울 수면에 쏟아지더니
옥봉이 물 위에 둥실 떴구나.
삼백 장 하늘대는 버들가지가
성에 가득 관청 누각 향하여 섰네.

又

曾有看花約
春山聽栗留
宿嵐多積翠
細草喚深愁
銀浦鏡中瀉
玉峯水上浮
遊絲三百丈
滿郭向官樓

또

짱짱하던 봄볕은 뉘엿해지고
가는 구름 반쯤 가고 반은 머무네.
꽃 꽂은 아가씨는 맘 안타까워
버들 꺾던 임 생각에 근심겹구나.
성시엔 안개 노을 내려앉더니
성문엔 북과 피리 소리 울린다.
이러한 때 많고 많은 그리움이야
어이해 중선루[51]에 견주겠는가?

하서의 시 〈희우〉에 차운하다

온 하늘에 사흘 밤 비가 내려서
농사짓는 농부 심정 흐뭇하구나.
짙은 안개에 비낀 해 살짝 열리자
은은한 우레 떠나는 용 지켜준다네.
기쁜 함성 북궐까지 전하여지고

又

冉冉春光晚
行雲半去留
揷花遊女恨
折柳故人愁
城市煙霞落
公門鼓角浮
此時多少思
何似仲宣樓

次荷西喜雨韻

普天三夜雨
五稼野情濃
霧駁開斜日
雷殷護去龍
歡聲傳北闕

---

51 중선仲宣은 삼국 시대 위나라 왕찬王粲의 자이다. 일찍이 동탁의 난리를 피하여 형주의 유표에
게 의탁하였는데, 강릉江陵의 성루에 올라가 고향에 돌아갈 것을 생각하면서 〈등루부登樓賦〉를
지었다고 한다.

상쾌한 기운이 서봉에 솟네.　　　　　爽氣出西峯
큰 경사에 내 어이 찬송하리오　　　　大慶吾何頌
냇물 소리 들으며 멈춰 선다오.　　　　聽溪且住筇

다시 가물어 하서의 시에 차운하여 드리다　　更旱次呈荷西

그 누가 알았으리 사흘 내린 비　　　　誰知三日雨
논밭에 댈 물에도 부족할 줄을.　　　　不作甫田濃
땅 녹일 듯 한발만 거세어지고　　　　鑠地還驕魃
연못엔 게으른 용 누워만 있네.　　　　歸淵伏懶龍
학은 어이 가파른 산 올라가는고　　　鶴何行峻阪
구름은 미륵봉을 덮어 누를 듯.　　　　雲謾壓彌峰
옛 경험 이제는 믿기 어려워　　　　　宿驗今難信
긴 탄식에 막대 짚고 기대어 섰네.　　　長嘆倚一筇

안사형에게 주다　　　　　　　　　贈士亨

새 달 보며 서로를 그리는 저녁　　　　新月相思夕
서풍에 더위도 한풀 꺾일 때.　　　　　西風暑退時
몸 나뉘어 남북으로 막혀 있어도　　　身分南北阻
대와 솔 늦게 시듦 시에 남았네.　　　　韻在竹松遲

반딧불 창가에서 사라지더니   螢火當窓沒
은하수는 문 가까이 드리웠구나.   天河近戶垂
틀림없이 오늘밤 꿈속에서는   分明今夜夢
육조시를 서로 같이 얘기하겠네.   共說六朝詩

강서사[52] 압해루에 올라   登江西寺壓海樓

청산엔 속된 일 아예 없어서   青山無俗事
흐르는 물 흰 구름과 나란하구나.   流水白雲平
큰 나무에 아침 비 지나가더니   喬木經朝雨
매미 울음 정오 되자 시끄럽구나.   亂蟬近午聲
높은 다락에 가을 기운 일찍 이르니   樓高秋氣早
노승은 불심이 생겨나겠네.   僧老佛心生
묵은 기약 강호에 남아 있어서   宿約江湖在
올라서 바라보는 오늘의 이 정.   登臨是日情

---

52 황해도 배천군 강서리에 위치한 황해도의 대표적인 사찰 중 하나이다. 절이 예성강 서쪽에 있어
    서 강서사라 하였다. 신라 말기 도선국사道詵國師가 이 지역의 부호 양씨梁氏에게 권하여 이들
    의 집을 절로 삼아 창건하였다고 전한다.

꿈에 완화계[53]에 있는 두보초당을 가서   夢浣花溪杜草堂

두보가 풍진 속에 떠돌던 시절   杜子風塵日
초당에서 녹사 벼슬 지냈었다네.   草堂錄事營
산도 나라 근심하여 찌푸렸었고   山嚬憂國恨
망향의 정 못 견뎌 물도 목멨지.   水咽望鄉情
찬 달은 천년의 빛 그대로이고   寒月千年色
원숭이는 밤새 울음 맑게 우누나.   清猿一夜聲
사람 그려 완화계가 꿈에 뵈더니   懷人溪入夢
잠 깨자 낮닭이 목청 돋우네.   睡罷午鷄鳴

악양루에 오른 것을 가정하여   擬上岳陽樓

동정호 한없이 펼쳐진 물에   洞庭無限水
물가엔 악양루 우뚝 섰구나.   水上岳陽樓
떼 지어 지나가는 삼상[54]의 기러기   陣陣三湘雁

---

53 중국 사천성 지역을 흐르는 강이다. 강 옆에 두보가 살던 옛집과 초당이 자리하고 있다. 매년 4
    월 19일이면 이곳 사람들이 완화계의 두보초당에 모여 연회를 베풀며 이날을 '완화일浣花日'이
    라 불렀다고 전한다.
54 중국 호남성의 상향湘鄉, 상담湘潭, 상음湘陰 지역을 합쳐 이른 말로, 대개 상강湘江 유역과 동
    정호洞庭湖 일대를 가리킨다. 춘추 시대 초나라의 굴원이 조정에서 쫓겨나 이곳에 몸을 던졌다
    고 한다. 이에 한나라의 학자 가의賈誼가 이곳을 지나며 〈조굴원부弔屈原賦〉를 지어 굴원을 애
    도한 바 있다.

훨훨 나는 칠택[55]의 갈매기일세.　　　　　　飄飄七澤鷗

강산의 나그네 저녁 맞으니　　　　　　　　江山遊子夕

노래 피리 소리는 초인의 가을.　　　　　　歌笛楚人秋

예로부터 읊조려 시 짓던 곳에　　　　　　從古吟哦地

높이 올라 온종일 시름만 겹다.　　　　　　登臨盡日愁

송도 가는 도중에　　　　　　　　　　　　松都途中

떨어지는 저녁 해에 고려 옛 땅엔　　　　落日高麗國

흥망이 눈앞에 펼쳐지누나.　　　　　　　興亡極目前

산하엔 패기가 남아 있건만　　　　　　　山河留霸氣

누대 연못 궁궐 연기 흩어지누나.　　　　臺沼散宮煙

남북으로 삼천리 드넓은 땅에　　　　　　南北三千里

임금과 신하로 오백 년일세.　　　　　　　君臣五百年

한바탕 봄꿈이 다 스러지니　　　　　　　一場春夢盡

떠도는 나그네만 절로 슬프다.　　　　　　征客自悽然

---

55 춘추 시대 초나라에 있었다고 하는 일곱 개의 호수를 이른다.

신랑[56]을 위해 곡하다

대상大祥 날 임진강에 가니 얼음이 반쯤 얼어 있었다.
때마침 사행을 만나 건너게 되어 시를 짓다.

여울 위로 유빙이 흐르는 시절
사행 통해 나루를 건너게 됐지.
사방 교외 눈이 희게 쌓여 있는데
조각 해가 성을 붉게 누르고 있다.
근심 겨워 동파주에 취하였는데
적벽강 강바람이 행차를 맞네.
경황없어 마음은 즐겁지 않고
청상과부 시아버질 기다리겠네.

爲哭愼郎

祥日, 行到臨津半氷.
適値使行, 通涉賦得.

湍上流澌月
使行渡口通
四郊堆雪白
片日壓城紅
愁醉東坡酒
行迎赤壁風
忽忽心不樂
孀女待阿翁

안사형이 달천의 임경업 장군 초상화에 제한 시를 차운하다

次士亨題撻川林將軍遺像韻

장군을 그려둔 초상화 보려
회오리바람 붉은 장막 슬쩍 걷누나.
매운 기운 두 눈동자 쏘아보는 듯
웅장한 뜻 한 자루 칼에 걸리어 있네.
찬 날씨에 나그네 말은 힝힝거리고

將軍有遺像
靈颸絳帷寒
猛氣雙瞳射
雄心一劍懸
天寒嘶客馬

---

56 유박의 맏사위 신세사를 가리킨다. 133쪽 각주 49) 참조.

목멘 여울서 강선에다 제를 올린다.　　　　　　灘咽祭江船
내 이미 초서[57]를 갖춰 가지고　　　　　　　　我已椒糈具
봄 오자 달천으로 올라왔다네.　　　　　　　　春生上撻川

안사형의 시 〈조령〉에 차운하다　　　　　　　次士亨鳥嶺韻

구불구불 굽은 길과 새만 날아가는 길　　　　　羊腸與鳥道
가만 앉아 임진년 일 탄식하노라.　　　　　　　坐欸歲龍蛇
관문 막던 병졸들에게 지키게 해서　　　　　　苟戍當關卒
온 나라의 왜놈들을 막았더라면.　　　　　　　寧憂擧國倭
천년간 남북을 구분 짓던 곳　　　　　　　　　千年南北限
하룻저녁 이신[58] 때문에 무너졌도다.　　　　　一夕李申差
지난 일 탄식한들 무엇하랴만　　　　　　　　事往何嗟及
서성이며 차마 그저 못 지나가네.　　　　　　　撫膺不忍過

남을 대신해서 곤양 김만겸을 조만弔挽하다　　代人挽金昆陽萬謙

대장부 시대와 못 만났으니　　　　　　　　　丈夫時不遇

57　산초를 넣어 만든 향기로운 술을 가리킨다. 초상椒觴 혹은 초장椒漿이라고도 한다.
58　임진왜란 당시 조령을 포기하고 탄금대에 진을 치고 전투를 벌이다 패퇴한 이일李鎰과 신립申砬
　　두 장수를 가리킨다.

마침내 공 세움을 어이하리오.　　　　　勳業竟何如

남쪽 땅에 쓸쓸히 사랑 남겼고　　　　　南國空留愛

경주에선 일찌감치 물러났었네.　　　　　東京早退廬

높은 이름 역사에 전해지리니　　　　　　高名傳簡策

남은 경사가 문 앞에 크게 이르리.　　　　餘慶大門閭

서주 땅 나그네 통곡하느라　　　　　　　痛哭西州客

애도하는 시를 차마 못 쓰네.　　　　　　哀詞不忍書

집이 이루어져서　　　　　　　　　　　堂成

흰 띠집 그늘진 작은 집 지어　　　　　　白茅蔭小堂

물과 구름의 고장을 차지하였네.　　　　　因占水雲鄕

땅이 외져 새 소리 고요도 하고　　　　　地僻禽聲靜

산은 비어 잠자는 맛 호젓하구나.　　　　山空睡味長

고기잡이 나무꾼의 세 갈래 길 열고　　　漁樵三逕闢

매화와 대나무는 십 년 단장해.　　　　　梅竹十年粧

말쑥하게 갠 달과 호수의 빛깔　　　　　霽月兼湖色

긴긴 밤의 거문고와 책 서늘도 하다.　　琴書永夜凉

칠언율시

매화

조용한 것 무엇일까 한 그루 매화이니
해묵은 색 화분에 백년 이끼 덮여 있네.
서늘함은 진세의 자태가 아니어서
맑고 높음 속인에게 보여주긴 어렵다네.
운치는 열 길 되는 고송의 아득함 같고
향기는 한밤중 반달과 함께 풍겨오네.
섣달 지나 봄이 오매 한없는 그리움에
남은 꽃 꺾어다가 다시금 서성인다.

梅

憺然何物一樣梅
古色盆封百歲苔
冷絶已非塵世態
淸高難向俗人開
韻同十丈孤松遠
香共三更半月來
臘盡春生無限思
殘花折得更徘徊

국화

시원스런 산가의 동쪽 울이 번화하니
무수한 국화에 이슬 맺혀 있는 때라.
어여쁜 양귀비가 술 취하긴 이르고

菊

山家契闊富東籬
無數菊花露結時
艶艶楊妃耽醉早

화암수록

늘씬한 황학이 날개 펴긴 늦었다네.　　　　　　昂昂黃鶴展翎遲

기이한 향 방에 스며 옷깃에 합쳐지고　　　　　奇香入戶幽衿合

맑은 꽃잎 잔에 띄우니 병든 폐에 알맞다네.　　清藥浮杯病肺宜

초택과 심양에 사람은 이미 멀어　　　　　　　楚澤潯陽人已遠

어느새 좋은 회포 마주하길 기대하네.　　　　　於焉更對好襟期

일월 육일 즉흥으로　　　　　　　　　　　　元月六日卽事

천지에 분명하게 맑은 기운 돌아오니　　　　　天地分明淑氣回

삼양59 권세 일러도 대낮 창을 열었다네.　　　三陽權早午窓開

공연히 들판 학은 구름 위 돌다 가고　　　　　公然野鶴盤雲去

어디선가 종이 연은 마주 보고 오누나.　　　　何處紙鳶對面來

온종일 호수 위 배엔 바람 한 점 안 불고　　　盡日風無湖上艇

해 걸러 섣달 전에 매화 핀 모습 보네.　　　　隔年花看臘前梅

살림살이 여태껏 촌사람에게 물어보니　　　　起居尚得村人問

한가한 말 그만 두고 한잔 술을 권하네.　　　　聽罷閒談勸一杯

59　양효陽爻가 셋인 《주역周易》의 '태괘泰卦'를 가리킨다. 동짓달인 11월부터 양효가 매달 아래에
서부터 하나씩 생겨 올라와서 이듬해 정월에 이르면 양효가 셋이 된다. 새해 정월을 뜻하기도
한다.

느낌대로 읊다

못가에서 미친 노래 스무 해를 부르다가
어느새 백화 앞에서 다 늙어버렸구나.
푸른 솔과 푸른 대를 벗으로 삼았고
이슬 맺힌 국화 찬 매화를 마주 보고 잠잤네.
넘실넘실 강호에는 흰 갈매기 함께하고
유유한 세월은 바람 안개에 취해 있네.
사나이 실의함이 도리어 이 같건만
도리어 인간에서 지선 호칭 얻었구려.

안사형의 시에 차운하다

열흘 넘게 못 본 채로 어느새 해 바뀌니
때때로 편지 보내 소식을 전하였지.
막걸리 잘 익어도 홀로 마심 근심하고
매화만 그저 피어 잠 이루지 못한다네.
이제껏 몇 번이나 먼 데 나무 보았더니
오늘 밤엔 상현달을 함께 보게 되었구려.
알아줌이 귀할 뿐 늦는 것은 탄식 마소
세간의 늙은이들 몇 명이나 남았던가.

謾吟

澤藪狂歌二十年
居然老大百花前
蒼松翠竹堪爲友
露菊寒梅合對眠
泛泛江湖同白鳥
悠悠歲月醉風煙
男兒落魄還如此
猶得人間號地仙

次士亨韻

浹旬阻面忽經年
書尺時時信息傳
薄酒政濃愁獨酌
梅花空發不成眠
伊來幾望雲邊樹
今夜同看月上絃
心貴相知休歎晚
世間白首幾人全

다시 같은 운으로 짓다

맑은 새벽 예쁜 까치 신년을 알려주니
홀연 그대 편지를 잉어가 물어 전해주네.
사나이 마음 품고 그대는 늙어가고
썩은 선비 쓸모없어 나는 잠에 빠지네.
청란은 짝 떠나자 춤추기가 어렵건만
백설가 들려오면 줄 뜯기를 좋아했지.
문자의 공부를 부지런히 더 하여서
교칠 같은 깊은 마음 온전히 보여주리.

높은 누대

사는 거처 어이 굳이 도시에서 구하리
천길 절벽 우뚝 선 이곳 언덕 있다네.
산세는 북에서 와 물가 임해 멈춰 서고
강물 소리 남으로 가 구름 속에 흘러간다.
긴 바람에 들판 빛깔 한여름과 다름없고
지는 잎 가는 배는 가을인 듯 상쾌하다.
푸른 빛 층층 안개 암만 봐도 물리잖아
백년 인생 파도에 뜬 갈매기와 마주 하리.

再疊

清晨嬌鵲語新年
忽見平書鯉舍傳
男子何心君欲老
腐儒無用我耽眠
青鸞侶去難爲舞
白雪歌來喜拂絃
多少勉旃文字上
如膠如漆見心全

崇臺

卜居何必市都求
壁立千尋有是丘
山勢北來臨水盡
江聲南走入雲流
長風野色宜三夏
落木歸帆爽九秋
積翠層嵐看不厭
百年相對泛波鷗

안사형에게 주다

버들눈썹 움직이자 이른 매화 놀라니
병든 이 서성이며 취한 눈 놀라 깨네.
북녘으로 가는 기러기 갑자기 바라보다
봄소식 남녘땅에 다다름 이제 아네.
높은 뫼 바투 서니 산 모습 깡말랐고
지척의 물고기엔 바다 기운 비릿하다.
어제는 부슬부슬 창밖에 비 뿌리더니
내 벗의 서찰 속엔 온통 춘정 넘치네.

사장에게 주다

난형난제 막상막하 길고 짧음 못 가르니
문장과 풍채가 저마다 향기롭네.
형님은 엄중한데 깊이까지 지녔고
아우는 성글지만 법도를 아는구나.
좌우에서 함께 노님 그대야 자족해도
재능을 견줄진대 그대 외려 더 나으리.
온 성의 한 기러기 이제 나와 헤어지니
도 들음이 당당하여 아우와 비슷하다.

贈士亨

柳眉先動早梅驚
病子徘徊醉眼醒
忽見雁奴天北去
始知春信地南行
壓臨巉嶂山形瘦
咫尺魚龍海氣腥
昨日蕭蕭窓外雨
故人書札惣春情

贈士章

難弟難兄莫短長
文章風采各芬芳
白眉嚴重兼機密
叔氏踈通解矩綱
左右泳游君自足
才能方比子還强
專城一雁吾違面
聞道堂堂似季方

보슬비

적셔도 소리 없는 보슬비는 내리고
동풍에 몇몇 가지 어느새 푸르렀네.
강 머리 안개가 막자 마을 형세 답답하고
산골 어귀 봄이 오니 물의 기세 불어나네.
골짜기 새 사람 속여 곡식 훔쳐 달아나고
이웃 닭은 습기 싫다 깃털 다듬고 지나가네.
어옹은 풍파 속에 잠자는 것 피하려고
이따금 여울머리 뱃노래를 듣는구나.

細雨

潤物無聲細雨斜
東風已綠幾枝柯
江頭霧塞村形窄
峽口春生水勢多
谷鳥欺人偷粟去
隣鷄惡濕整毛過
漁翁欲避風波宿
時聽灘頭起棹歌

비갠 뒤

비갠 뒤 강마을에 물색이 서늘한데
봄 오자 괴로운 생각 날마다 길어지네.
살구꽃 간밤 비에 절반쯤 희게 피고
보리는 그저께 밤에 서리 맞아 더 푸르다.
아득한 무논엔 농부가 삿갓 쓰고
저 멀리 백사장엔 학이 깃털 가다듬네.
노래하며 돌아오니 한가한 정취 넉넉해
호수와 산 절반이 석양에 가깝도다.

霽後

霽後江城物色凉
春來苦思日俱長
杏花半白前宵雨
畦麥凌靑後夜霜
漠漠水田人戴笠
悠悠沙渚鶴梳裳
咏歸自足閑中趣
一半湖山近夕陽

안사형과 작별하고   別士亭

다리 어귀 말을 세워 조각 마음 각자 두니   立馬橋頭各片心
말 없이 헤어짐이 시 짓기보다 낫네.   無言相別勝苦吟
사귐의 길 무겁기가 산과 같음 알거니와   只知交道如山重
이별의 정 바다처럼 깊다고 탄식 마오.   莫歎離情似海深
배꽃을 가리키며 흰 눈인가 의심하고   指去梨花疑白雪
버들가지 꺾어오니 황금보다 낫다네.   折來楊柳勝黃金
긴 정자 풀 푸르니 이 봄도 저무는데   長亭草綠三春暮
꾀꼬리 고운 소리 내는 것을 그저 보네.   空見鶯兒作好音

서울로 들어가는 배에서 시 〈잠서〉에 차운하다   入京口舟次蚕西

긴 바람 물결 깨며 이백 리를 불어오고   破浪長風二百里
잠서봉 위에서 저물녘에 내려다보네.   蚕西峰上夕登臨
한양 물의 어귀엔 귀신 공력 웅장하고   漢陽水口神功壯
백악산의 모습은 형세가 몹시 깊다.   白嶽山容勢力深
가는 풀 새 비 은택 곱게도 잘 받았고   細草嫩承新雨澤
썩은 선비 짧은 터럭 노닐 맘 없어지네.   腐儒髮短少遊心
저물녘 읊조리며 배 뜸에 기대 서 있자니   吟哦日落倚篷立
북궐의 종소리가 달빛 아래 들려오네.   北闕鐘聲月下尋

권솔들을 데리고 서쪽 세곡으로 돌아오니　　率眷西歸洗谷,
안공보가 토정에 배를 묶고서 기다렸다　　安公輔繫舟土亭相待

권솔 함께 돌아옴은 옛 벗을 믿어서니　　率眷西歸信故舊
나보다 먼저 토정에서 기다릴 줄 알았으랴.　　誰能先我土亭臨
배에서의 간담 토로 고향 정이 친밀하고　　舟中吐膽鄕情密
달빛 아래 글 논하며 밤빛이 깊었었지.　　月下論文夜色深
갈매기 백로 기심[60] 잊고 물가에서 잠을 자고　　鷗鷺忘機眠水面
어룡들은 일 많은지 강심에서 움직이네.　　魚龍多事動江心
앞 여울 험난하여 새벽바람에 내려가며　　曉風欲下前灘險
이따금 오는 배에 물 깊이를 묻는다네.　　時有來舡問幾尋

유후 장량　　留侯

한 번 이교[61] 지나가자 온 세상이 텅 비니　　一過圯橋擧世空
웅혼한 맘 여자 모습 차분함을 중시했네.　　雄心婦貌貴從容
한성의 무명은 염한에 의지했고[62]　　韓成無命依炎漢

---

60 이익을 따지고 시비를 분별하는 마음을 이른다.
61 강소성 지역에 있던 흙다리를 이른다. 한나라의 명신 장량張良이 한 노인의 신발을 흙다리[圯橋] 밑에서 주워 준 인연으로 태공太公의 병법을 전수받았다고 한다.
62 장량은 한韓나라의 명문가 출신으로 한나라가 멸망한 뒤 공자 한성韓成을 왕으로 세웠으나, 곧 유방劉邦을 좇아 그를 보필하였다. 염한은 한나라를 이르는 말이다. '오덕종시五德終始'설에 따르면 한나라 왕조는 화덕火德에 속하므로 염한이라 한 것이다.

융준[63]의 적은 은혜 적송[64]과 함께 했지.　　　　隆準少恩伴赤松

욱초와 허진의 빛을 모두 갚았으니[65]　　　　　醵楚墟秦都了債

운수로 승부 정함 모두 다 미봉일세.　　　　　運籌決勝惣彌縫

아득하다 사람 귀신 측량할 길 없는데　　　　　茫茫人鬼今難測

그때에 억지로 만 호 봉함 받았구려.　　　　　強受當年萬戶封

충무후 제갈량　　　　　　　　　　　　　忠武侯

셋 나눠 할거하매 저울대 잡기 충분하여　　　　三分割據足經權

이윤과 여상에 견준대도 혹 앞서진 못하리라.　　伊呂相當或未先

하늘과 땅 차지한 자 모두 한의 도적인데　　　　得地得天皆漢賊

겸양과 체면 잃고 불교에 아첨했지.　　　　　失謙失表又阿禪

끝내 계책 올려서 지휘 정함 어려워서　　　　　終難長策指揮定

신기로 사무의 현묘함을 누설했네.　　　　　空泄神機事務玄

뼈 저미는 갈바람에 맑은 눈물 한스럽고　　　　撤骨秋風清淚恨

63　한나라 고조 유방의 별칭이다. 원래는 코가 크다는 뜻인데 《사기》 권8 〈고조본기高祖本紀〉에서
　　"고조의 사람됨을 보면 코가 크고 용의 얼굴이었다(高祖爲人 隆準而龍顏)"라고 한 데서 유래하
　　였다.

64　중국 고대 전설 속 선인仙人 적송자赤松子를 이른다. 《사기》 권55 〈유후세가留侯世家〉에 따르면
　　장량은 한고조 유방을 도와 천하를 평정한 뒤에 유후의 봉작을 받고서는 "바라건대 인간 세상의
　　일을 버리고 신선인 적송자를 따라 노닐고 싶다(願棄人間事 欲從赤松子遊耳)"라고 하며 일선에
　　서 물러나 벽곡辟穀과 도인導引 같은 도교의 술법을 수련하였다.

65　장량이 한고조 유방을 도와 초패왕 항우를 물리치고 중국을 재통일하며 진秦나라, 초나라와의
　　묵은 빛을 갚았다는 뜻이다.

옥대에 있던 그때 황제 마음 가여워라.　　　　　玉臺當日帝心憐

학산의 첩지 신중후[66]의 수석에서　　　　　　　敬次鶴山辛僉知
'미眉'자 운에 삼가 차운하다　　　　　　　　　　仲厚壽席眉字韻

대부의 강건하심 세상에 드물거니　　　　　　　大夫康健世間稀
아흔에도 정신이 눈썹 위로 오르누나.　　　　　九十精神上秀眉
여러 해 낭서 생활 벼슬길 안 맞더니　　　　　　郎署幾年官不調
이 날에 추원을 기약치 않음[67] 더 귀하다.　　　樞垣是日貴非期
신선이 내려온 듯 푸른 얼굴 예스럽고　　　　　神仙在地蒼顔古
내리는 비이슬에 자줏빛 띠 드리웠네.　　　　　雨露從天紫帶垂
손님들 맑은 술잔이 성사로 전해지니　　　　　遂客淸樽傳盛事
이 가운데 풍성하긴 공의 시를 보는 걸세.　　　就中贍富見公詩

66　신돈복을 이른다. 중후仲厚는 자이며 호는 학산鶴山이다. 본관은 영산으로 노론 집안 출신이다.
　　1692년(숙종 18년)에 태어나 1715년(숙종 41년) 진사시에 합격하였다. 음직으로 봉사를 지냈
　　으며 노년에 동지중추부사를 제수받기도 하였다. 《영조실록》과 《승정원일기》 등에 1775년(영
　　조 50년) 소과회방小科回榜, 즉 진사시 합격 60주년을 맞이하여 임금으로부터 옷감과 음식을
　　하사받았다는 기록이 전한다. 《사마방목》에는 진사시 합격 당시 거주지가 서울 근교인 금천衿
　　川으로 기재되어 있으나, 후일 배천으로 이주하여 향촌에서 독서와 농업 연구에 평생을 매진하
　　였다고 한다. 문집으로 야담집인 《학산한언鶴山閑言》과 농서 《후생록厚生錄》 등이 전한다.
67　추원은 중국의 군기처軍機處를 이르는 말이나 여기서는 조선의 중추부中樞府를 의미한다. 노년
　　에 동지중추부사를 제수받았던 신돈복이 이를 사양하였음을 짐작할 수 있다.

안사형의 시에 차운하여
연화동 산인의 정사에 제하다

次士亨韻, 贈題蓮花洞山人精舍

중봉은 짙푸르고 바위는 돌길 되니　　　　中峰積翠石爲蹊
여기에 맑은 시내 이 집을 감도누나.　　　更有清流繞此樓
봄 오자 보슬비는 마른 골짝 꾸며주고　　細雨春回粧瘦壑
봄바람에 얼음 녹아 시내를 울리누나.　　和風氷泮響幽溪
처마 밑엔 온종일 새소리만 들려오고　　茅簷盡日唯禽語
약초밭은 겨울 지나 짐승 발자국뿐이로다.　藥圃經冬但獸蹄
산집의 물색이 계절 따라 좋아지니　　　物色山家隨序好
지난해도 내가 또한 지팡이 짚고 갔었다네.　前年我亦一筇携

상사 우사통⁶⁸에게 주다

贈禹上舍士通

이월이라 봄바람에 풀이 우거졌는데　　東風二月草萋萋
청춘의 벗님들은 서쪽에서 즐기누나.　　才子青春得意西
몸에 걸친 푸른 적삼 빛깔이 번쩍이고　　身上翠衫光照耀

---

68 우석모禹錫謨를 이르며 사통士通은 자이다. 유박보다 17세 연하이다. 본관은 단양으로 1747년
(영조 23년)에 태어나 1774년(영조 50년) 진사시에 합격하였다. 집안 전체가 유박과 친밀한 관
계를 맺고 있던 이장익 일가와는 인척간이었다. 《사마방목》에는 진사시 합격 당시 우석모의 거
주지가 배천으로 되어 있으며, 《승정원일기》에 수록된 1782년(정조 6년) 11월 2일의 연명상소
기사에는 우경모와 우석모 형제 모두 배천과 접하고 있는 황해도 평산의 유생으로 기재되어 있
다. 이를 고려할 때 우석모는 형 우경모와 더불어 배천 일대에 거주하였던 것으로 보인다.

말 머리엔 맑은 피리 높고 낮게 울린다네.　　　馬前淸篴響高低

낙양의 꽃버들도 임금 은혜 중하건만　　　洛陽花柳君恩重

구택의 재상 보며 효도 생각 슬프도다.[69]　　　雒澤梓桑孝思悽

이제부터 노력하여 스스로를 아끼어　　　從此勉旃須自愛

안탑에 이름 석 자 적힘 다시 기약하세.[70]　　　更期雁塔姓名題

생원 구극보의 수석에서　　　敬呈具生員國輔壽席韻
삼가 차운하여 드리다

남극성 밝은 빛이 해동을 비추더니　　　南極明星照海東

주인은 회갑 맞아 소년처럼 젊으시네.　　　主人回甲少如童

네 아들이 좋은 손님 불러와서 모시니　　　呼來四子延佳客

두 손자를 취해 안고 태옹이 기뻐한다.　　　醉抱雙孫悅太翁

산 꿩과 잉어로 효찬을 자랑하고　　　山翟江鱗誇孝饌

고운 명주 두터운 솜 좋은 솜씨 뽐내었지.　　　輕紬厚絮詫閨工

시골 사는 즐거운 일 능히 잘하여서　　　居鄉樂事能爲善

---

69 구택은 신라 시대 황해도 배천의 이름이다. 재상梓桑은 가래나무와 뽕나무를 가리키는데 부모
　　가 집 주위에 이들 나무를 심어서 훗날 자손들이 가래나무로 가구를 만들고 뽕나무로 양잠養蠶
　　을 할 수 있게 한다는 의미가 있다. 여기서는 고향땅 배천의 가래나무와 뽕나무를 보며 돌아가신
　　부모님을 그리워한다는 의미로 쓰였다.

70 안탑은 당나라 때 현장법사玄奘法師를 위해 세운 탑을 이른다. 과거에 합격해서 진사가 되면 이
　　탑에 이름을 새겨 넣는데, 이를 '안탑제명雁塔題名'이라고 한다. 여기서는 과거에 급제하기를 바
　　란다는 의미로 쓰였다.

의관이 엉망 되도록 온 고을이 함께 노세.　　　顚倒衣冠一郡同

정성수에게 시를 지어 화답을 구하다　　　丁聖叟拈韻求和

산 넘고 물을 건너 그대 집에 당도하여　　　穿山踏水到君廬
밤골에서 나눈 대화 한 해의 시작일세.　　　栗里淸談政歲初
백면의 소년이나 이름난 선비거늘　　　　白面少年名下士
푸른 담요[71] 옛 사업이 뱃속 글로 들어 있네.　　青氈舊業腹中書
큰 술잔에 벌주 백 잔 시의 정은 거침없어　　杯深百罰詩情老
말 다한 삼경에는 밤빛마저 공허하다.　　　語盡三更夜色虛
꽃 버들 좋은 시절 다시 취함 꾀해보세　　　花柳佳辰謀再醉
갈건으로 술을 받아 다시 나를 기다리게.　　葛巾漉酒更須余

고을의 여러 벗이 남산에서 꽃구경하며　　次邑中諸益南山賞花韻
지은 시에서 차운하다

---

71 청전青氈은 푸른색 담요라는 뜻으로 벼슬하는 집안에서 대대로 전해져 내려온 물건을 가리킨
　　다. 송나라 때 이방李昉이 편찬한 《태평어람》에 다음과 같은 일화가 전한다. "왕자경王子敬이 재
　　실齋室 안에 누워 있을 적에 도둑이 들어 물건을 훔쳤는데, 온 방 안의 물건을 다 훔치도록 왕자
　　경은 누운 채로 가만히 있었다. 그러다 도둑이 탑상 위로 올라가서 훔칠 물건을 찾으려고 하자
　　왕자경이 소리를 치면서 말하였다. '석염石染과 청전은 우리 집안에서 대대로 전해져 온 물건이
　　니 특별히 놔둘 수 없겠는가?' 이에 도둑이 물건을 놓아둔 채 도망쳤다."

160　　　　　　　　　　　　　　　　　　　　　　화암수록

복사 오얏 우거지고 나비 그림자 어지러워　　　桃李深深蝶影紛
한 잔의 시골 술을 동군에게 권하노라.　　　　一杯村酒勸東君
일천 개의 여린 버들가지 바람 앞에 보이고　　千條弱柳風前見
일백 굽이 냇물 소리 비온 뒤에 들린다.　　　百曲鳴泉雨後聞
푸른 산 동편 머리 새벽안개 걷히더니　　　　岳翠東頭收曙露
붉은 산 한쪽 면에 갠 구름은 말려가네.　　　山紅一面捲晴雲
해마다 이 모임은 늘 약속 두었지만　　　　　年年此會非無約
나 또한 화암에서 물색을 구분하리.　　　　　我亦花庵物色分

오 리 떨어진 농가에 투숙하면서　　　投宿隔五里田家, 贈士亨
안사형에게 주다

뉘엿한 저문 볕이 오 리 저편 기우는데　　一半斜陽隔五里
농부와 어부가 강가에 섞여 있네.　　　　　田翁漁父雜江干
갈매기와 들판 학은 깨끗한 맘 한가지요　　沙鷗野鶴心同淨
물빛과 산색은 자태 모두 한가롭다.　　　　水色山光態共閑
낚시터에 사람 눕자 구름 기운 축축하고　　人臥釣臺雲氣濕
석탑에서 스님은 자고 경쇠 소리 희미하다.　僧眠石榻磬聲殘
호리병 속 물색을 만약 서로 묻거들랑　　　壺中物色如相問
모름지기 이 시 듣고 자세히 살펴보소.　　　須把玆詩仔細看

사돈 신성경[72]의 시 〈별후〉에 차운하다   次愼查誠卿別後韻

열 수의 새로운 시 글자마다 서글프니   十疊新辭字字悲
봉한 편지 멀리서 와 손 바쁘게 열었다네.   緘書遠到手忙披
상제께 하소연한들 원통함 끝 있으랴   魂應訴帝冤何極
통곡에 성이 무너져도 아픔은 한이 없네.   哭欲崩城痛莫涯
마음만 더 답답해져 내 그저 눈물지고   懷緖益煩唯我淚
그대 시를 보노라니 애간장이 끊어진다.   肝腸如割見君詩
시 속에 소리 죽인 할 말들이 많지만   詩中多少呑聲說
그대가 알까 하여 차마 높이 못 읊노라.   不忍高吟使女知

또   又

강어귀의 한 번 이별 남은 슬픔 있으니   江頭一別有餘悲
언제나 이 마음을 함께 펼쳐보리오.   懷抱何時得共披
곡 마치면 건곤도 응당 이미 늙었겠고   哭盡乾坤應已老
슬픔 오면 해와 달도 끝도 없을 것만 같네.   悲來日月欲無涯
막다른 길 어이 홀로 자식 없음 탄식하리   窮途豈獨無兒歎
늘그막에 오히려 사위 곡한 시를 읊네.   晚歲還吟哭婿詩

---

72 유박의 맏사위인 신세사의 아버지 신려愼儢를 이른다. 남인 계열 학자 신후담의 맏아들로, 성경
    成卿은 부친의 스승인 성호 이익이 지어준 자이다. 133쪽 각주 49) 참조

억지로 파촉 노래[73]로 백설가白雪歌[74]에 화답하니   强將巴謳酬白雪

도장경이 봉주의 알아줌을 어이 바라리오.[75]   長卿寧望鳳州知

사월 사일, 배를 타고 감로사[76]에서 노닐다   四月四日, 船遊甘露寺

여덟아홉 관동들이 일엽편주 배 오르니   八九冠童一葉船

다섯 뫼 일곱 포구 구름 안개 자욱하다.   五峰七浦足雲煙

봄이 돌아간 뒤로 바위 꽃 적막터니   巖花寂寞春歸後

비가 지나가기 전에 나루 버들 들쭉날쭉.   津柳參差雨過前

석양 무렵 옛 절에는 스님만 혼자 섰고   古寺夕陽僧獨立

먼 방죽의 방초에는 송아지가 나눠 자네.   遠堤芳草犢分眠

---

73 파구巴謳는 중국 파촉 사람들이 모두 아는 속된 노래로 여기서는 자신이 차운하여 지은 시문에
　　대한 겸사의 의미로 쓰였다.

74 너무도 고상해서 따라 부르기 힘든 노래라는 의미로 여기서는 자신이 차운한 사돈 신성경의 시
　　〈별후〉를 높이는 말로 쓰었다. 전국 시대 말기 초나라의 궁정시인으로 유명한 송옥宋玉의 〈대초
　　왕문對楚王問〉에는 초나라의 대중가요인 '하리下里'와 '파인巴人'은 수천 명이 따라 부르더니, 고
　　상한 '백설白雪'과 '양춘陽春'은 노래가 너무 어려워서 겨우 수십 명밖에 따라 부르지 못하였다는
　　이야기가 전한다.

75 장경長卿은 명나라 학자 도융屠隆의 자이고, 봉주鳳洲는 동시대의 문인 왕세정王世貞의 호이
　　다. 왕세정은 당대에 이름이 매우 높았으나 도융은 그렇지 못하였다. 사돈 신성경은 왕세정에
　　빗대 높이고 자신은 도융에 빗대 낮춘 것이다.

76 개성 서쪽 예성강가의 오봉산 아래에 있던 사찰을 이른다. 고려 문종 때 원나라에 사신으로 갔던
　　이자연李子淵이 강소성 난주에 위치한 감로사를 보고 와서는 경치가 비슷한 곳을 찾아 절을 짓
　　고 윤주감로사潤州甘露寺라 이름하였다고 한다. 빼어난 경치로 인하여 고려 중기부터 조선 초
　　기까지 많은 문인들이 절경을 노래하였다. 이때는 절이 창건 당시와는 달리 상당히 퇴락한 상태
　　였던 것으로 보인다.

푸른 산 그림자 속 미풍에 술 따르니   微風細酌青山影
흰 새는 무슨 마음으로 술자리에 다가오나.   白鳥何心近酒筵

집이 이루어져서   堂成

십 년을 경영하여 초당 한 칸 지어내니   十載經營一草堂
다 늙어 병주 고향[77] 그리워함 홀로 웃네.   老來還笑戀并鄉
처마 끝에 비 개자 강물 소리 급해지고   簷前雨歇江聲急
울 밖에 가을 오니 들빛이 깊어진다.   籬外秋成野色長
흰 새는 기심 잊고 호수 위에서 잠들고   白鳥忘機湖上宿
청산은 약속한듯 거울 보며 단장하네.   青山有約鏡中粧
고사 보다 피곤하여 기대어 누웠는데   倦看古史因欹臥
대 그림자 솔바람에 한낮 꿈만 서늘하다.   竹影松風午夢凉

안사형의 시 〈심수재〉[78]에 화답하여 부치다   和寄士亨心水齋韻

안택과 소와[79]는 저자 가게 사이여서   晏宅邵窩市肆間

---

77 원래의 고향이 아닌, 살다 보니 정이 든 제2의 고향이란 의미이다. 당나라 시인 가도賈島의 시
    〈도상건도상건渡桑乾〉에서 유래한 말이다. 가도는 이 시에서 병주 땅에 10년간 머물 때에는 고향 함양
    이 그리웠으나 정작 이곳을 떠나려니 병주가 고향처럼 느껴진다고 하였다.
78 안사형, 즉 안습제의 호이기도 하다.

철인이 이따금 시끄러움 마다 않네.　　　　　　哲人往往不嫌鬧
더러운 못에 연꽃 피니 번잡타가 깨끗하고　　　蓮開汚澤繁還淨
봄 성에 버들 날려 시끄럽다 한가롭다.　　　　柳拂春城鬧亦閑
난간 기대니 안개 밖 나무에서 새가 울고　　　憑檻鳥鳴煙外樹
잔 잡자 빗 속 산에 꽃이 피어나는구나.　　　把杯花發雨中山
창생이 어이해 안석[80]을 생각할까 마는　　　蒼生其奈思安石
올 들어 거울 속 얼굴 애석하기 짝이 없네.　　爲惜年來鏡裏顏

사문 최순성[81]이 연전에 영동과　　　　　崔斯文舜星,
관북, 양서를 유람하고는 올가을에 또　　　前年遊嶺東關北兩西,
삼남에서 돌아와 찾아왔기에 그 유람 시의　　今秋又自三南還歸來訪,
원운대로 차운하여 주다　　　　　　　　故步其流覽原韻以贈

---

79 송나라 문인 소옹邵雍이 거처했던 안락와安樂窩를 가리킨다. 《송사宋史》 권427 〈소옹·열전邵雍
列傳〉에 따르면, 소옹은 처음 낙양에 갔을 때 비바람도 제대로 막지 못하는 오두막 하나를 엮어
밥을 굶는 생활을 하면서도 유유자적하며 스스로 안락安樂 선생이라 일컬었다.

80 동진東晉의 명신 사안謝安의 자이다. 사안은 재상 시절에 동산東山에 기생을 불러 모아 음악을
연주하게 하여 정무의 시름을 달랬다고 한다.

81 조선 후기 영·정조 대 이름난 자선가 최순성으로 추정된다. 본관은 양천으로 자가 경협景協 호
는 치암癡菴이다. 1719년(숙종 45년) 개성의 거부 최석찬崔錫贊의 아들로 태어났다. 창강滄江
김택영金澤榮의 《송도인물지松都人物志》에 따르면 부모가 돌아가시자 재물에 대한 욕심을 완
전히 버리고 '급인전急人錢'을 조성해 말 그대로 돈이 급한 이웃을 돕기 시작하였다. 연암燕巖 박
지원朴趾源은 자신의 문생이었던 최순성의 아들 최진관崔鎭觀의 부탁을 받아 〈최순성의 묘갈
명[癡庵崔翁墓碣銘]〉을 짓기도 하였다. 여기서 박지원은 최순성의 의로움을 대단히 높게 평가
한 것은 물론이며 비석에 새길 글자까지 직접 써주었다고 한다.

사나이 사방 유람 처음으로 들었는데　　　　　始聞男子四方遊
말 위에서 정신 넘침 이제야 보았구려.　　　　今見精神溢馬頭
그대야 참으로 태사공은 아니지만　　　　　　之子得非眞太史
소화는 원래부터 신주와 똑같다네.[82]　　　　小華原自等神州
도타운 풍속 모두들 삼한 땅을 말하거니　　　醇風惣說三韓國
몇 고을의 누각에다 빼어난 시 적었던고.　　傑句閒題幾郡樓
내 능히 손을 잡고 함께 못 함 부끄러워　　　愧我不能携手去
백년 인생 마음속 일을 올가을에 져버렸네.　百年心事負今秋

안공보의 수석 시에 삼가 차운하다　　　　謹次安公輔壽席之字韻

경륜과 문학을 내가 진작 알았나니　　　　　經綸文學我知之
벼슬길에 높이 오름 그 이치 당연하다.　　　雲路翔翔理固宜
어느새 회갑 맞아 젊은 나이 아니건만　　　倏忽周庚非壯歲
어이해 낭서에서 밝은 시절[83] 저버렸나.　　如何郞署負明時
동각에서 운 이루니 지은 시가 천첩이요　　韻成東閣詩千帖
남산서 축수하니 술이 일백 잔이로다.　　　壽祝南山酒百卮

82　소화小華는 조선을, 신주神州는 중국을 가리킨다. 조선과 중국이 문화적으로는 별 차이가 없다
　　는 의미이다. 《사기》를 쓰기 위해 중국의 사방을 답사한 태사공 사마천司馬遷의 행적에 빗대어
　　최순성의 유람 또한 이에 못지않다고 치켜세운 것이다.
83　안우제가 조정에서 낭관郞官으로 근무하던 젊은 날을 가리킨다. 《승정원일기》 1780년(정조 4
　　년) 6월 22일 기사에서 안우제가 공조좌랑에 임명된 사실을 확인할 수 있다.

훈업은 팔십까지 논할 수가 있거니와　　　　　　　勳業可論年八十

다만 이제 수연에서 시 지으며 생각하네.　　　　　祗今晬宴賦而思

상사 한명상[84]의 팔십 세 수석과　　　　　　　　謹次韓上舍命相

회방연의 운에 삼가 차운하다　　　　　　　　　　八十晬席兼設回榜宴韻

동안에다 학발로 고장에선 어른이요　　　　　　　童顔鶴髮杖於鄉

과거 급제 회갑 맞음 그 세월이 참 빠르다.　　　　蓮榜重回歲月忙

곡강과 당연[85]이 여태도 생각나니　　　　　　　尚憶曲江與唐宴

진작 팔궤 보태어서 주상에 들었었네.[86]　　　　　曾添八簋入周庠

가까운 지주들이 자리에서 시중들고　　　　　　　密聯地主傳杯席

깊이 앉은 자식들은 채당에서 춤을 추네.　　　　　深坐令兒舞彩堂

84　조선 숙종 연간에 활동한 문신으로 자가 군섭君燮이고 호는 보만당保晚堂이다. 본관은 청주로
　　1651년(효종 2년)에 태어나 1679년(숙종 5년) 생원시와 진사시에 동시 합격하였다. 이후 정릉
　　참봉으로 재직 중 1690년(숙종 16년)에 열린 정시庭試에서 합격자 다섯 명 중 장원을 차지하였
　　다. 공주목사, 경주부윤 등을 지냈는데, 경주부윤 재직 당시 왜관倭館에 공급할 공미公米 수납에
　　문제가 있어 고초를 겪기도 하였다. 이러한 까닭에 관직은 그리 높지 못했던 것으로 보인다.
85　과거 시험에 합격한 이들에게 베푸는 여러 잔치를 이른다. 곡강曲江은 당나라 때의 곡강연曲江
　　宴을 이르는 말로 진사 합격자가 발표되는 2월이면 수도 장안에 위치한 제일의 명승지인 곡강
　　지曲江池에서 성대한 연회가 펼쳐졌다고 한다. 당연唐宴은 진사시에 합격한 사람들에게 베풀었
　　던 잔치 중 하나인 앵두연櫻桃宴을 말한다. 당나라 때 유담劉覃이란 사람이 진사시에 합격하고
　　공경公卿들을 모아놓고 앵두를 많이 가져다가 잔치를 크게 베풀었다는 데서 유래하였다.
86　팔궤八簋는 주나라에서 제사와 잔치 때 음식을 담던 원통圓筒으로 된 여덟 개의 그릇을 이른다.
　　천자天子에게 바치는 음식이나 제사를 지칭하기도 한다. 주상周庠은 주나라 때 지방 교육기관
　　인 상庠을 이르는 말이다.

드문 경사 하물며 생일까지 겸했으니   稀慶況兼逢晬日

문에 가득 노인성老人星의 광휘가 떠도누나.   門闌浮動老星光

서울에서 고향으로 돌아오는 배에서   自京口還鄉舟中

이광국[87], 우사앙[88]과 함께   與李光國禹士仰拈唐韻

당시唐詩의 운으로 짓다

맑은 서리 누런 잎 하마 깊은 가을인데   清霜黃葉已深秋

한강 물 어이하여 밤낮 없이 흐르는가?   漢水何心日夜流

세상 일 어긋나서 짧은 머리 슬퍼하니   世事蹉跎悲短髮

---

87 이시선李是銑을 이른다. 광국光國은 자이다. 1743년(영조 19년)에 태어나 1774년(영조 50년) 진사시에 합격하였다. 본관은 여주로 유박보다 13세 연하이다. 유박과 호형호제하던 이장보의 아들이자 유박의 대표적인 벗인 이장익의 조카이다. 《승정원일기》에 따르면 이시선은 진사시 합격 이전인 1666년(영조 43년) 당시 서울의 사부학당에 재학하였으며, 진사 합격 이후에는 오랜 기간 성균관에 적을 두고 있었다. 《사마방목》에는 진사시 합격 당시 거주지가 서울(京)로 기재되어 있다. 이를 고려할 때 성년 이후로는 과거 시험 준비를 위해 주로 서울에 거주하였던 것으로 보인다. 이와 같은 이유로 유박이 서울에 다녀갈 때 동행한 것으로 여겨진다.

88 우경모를 이른다. 사앙士仰은 자이며 호는 백담白潭이다. 1744년(영조 20년)에 태어나 1777년(정조 1년)에 진사시에 합격하였다. 본관은 단양으로 개성 지역 유림들과 더불어 선조인 우현보禹玄寶의 숭양서원崧陽書院 배향 운동을 주도하기도 하였다. 문집인 《백담집白潭集》을 살펴보면 채제공·이가환·목만중 등 이름난 남인계 인사들과 더불어 유박을 비롯한 안습제·이장익·이시선 등 배천 지역의 유림들과도 수차례 시문을 주고받은 사실이 확인된다. 《백담집》에는 백화암에 부치는 짧은 글과 더불어 유박에게 보내는 3수의 시가 수록되어 있다. 백화암에 직접 방문하여 화목을 감상하고, 서로 수편의 시문을 주고받았으며, 서울에 함께 다녀오는 길에 질탕한 술자리를 벌이는 등 유박과 띠동갑이 넘는 나이 차이에도 불구하고 격의 없이 지낸 사실이 확인된다.

나고 듦에 걸림 없어 외로운 배에 맡기누나.　　行藏蕭灑任孤舟
중천의 달빛은 고향 꿈을 뒤따르고　　　　　中天月色隨鄕夢
긴 밤의 강물 소리 객수를 자아낸다.　　　　永夜江聲攪客愁
그대들과 질탕하게 함께 노닌 덕분에　　　　賴有諸君同跌宕
시통과 술잔으로 맑은 유람 되었구려.　　　詩筒酒盞辨淸遊

상사 김백휴[89]의 생일잔치에서　　　　次金上舍伯休晬席生字韻
'생生' 자 운을 차운하다

마흔 해 전에는 태학의 학생[90]으로　　　四十年前太學生
형제 중에 가장 낫다 다퉈 얘기했었지.　　白眉爭說最良兄
이제껏 훈업은 처음 뜻과 어긋나서　　　　倘來勳業違初計
바닷가의 세월은 세속 정리 아니었네.　　海外光陰不世情
오늘에 술잔 따라 잔치 자리 이리 열어　　杯酌今能開晬席
태평 시절 음악 소리 오히려 다행일세.　　笙簫還幸際昇平
효성으로 차린 음식, 담근 술을 기울이니　但須孝饌傾家釀
어이 굳이 죽은 뒤의 이름 다시 구하리오.　何必更求身後名

---

89 유박의 벗 김광렬을 이른다. 백휴伯休는 자이다. 김광렬의 생애 전반과 유박과의 교유 관계는
　　90쪽 각주 7) 참조.
90 김광렬은 23세 되던 1744년(영조 20년) 진사시에 합격하였다. 이즈음에 성균관에 입학한 것으
　　로 보인다. 이로 미루어 이날의 잔치는 김광렬의 나이 60세 전후로 열린 생일 축하 자리로 보인다.

오언배율

안사형에게 부치다   寄士亨

걸음마다 귀뚜리 울음 절실도 한데   步步蛩聲切
흰 이슬은 차갑게 떨어지누나.   凄凄白露垂
헤어진 뒤 가을도 반이나 지나   別來秋已半
우러러 읊조리니 밤은 길기만.   瞻咏夜何遲
말년에 남은 것은 좋은 벗밖에   末路唯吲友
한마디가 또한 모두 내 스승일세.   一言亦我師
준마는 뻗대고 또 건장하지만   逸駒驕且健
노둔한 말 힘도 없고 지쳐 있다네.   駑馬劣而疲
내가 서로 뒤쫓아 간다고 해도   追逐吾相得
어지러이 뭇사람들 의심하리라.   紛紜眾共疑
매화 찾아 간담을 토로해보고   尋梅因吐膽
술 들고서 이따금 눈썹 날리네.   佩酒或揚眉
물가에서 나눈 말 상쾌함 느껴   覺爽泉邊語
어진 이 모여 누대 아래 뒤따르누나.   會賢臺下隨
은성의 구름 모였다 흩어지는데   銀城雲聚散

금곡의 나무는 들쭉날쭉해.　　　　　金谷樹參差

시를 지은 한밤에 꽃 피어나고　　　　花發詩成夜

소식이 도착할 때 달빛도 환해.　　　　月明信到時

그리움에 흰 얼굴 기대었지만　　　　相思依白面

소식 끊겨 맑은 모습 꿈꾸었네.　　　　阻絶夢淸儀

언제나 화암 서문 읽을 때마다　　　　每讀花菴序

영남 사찰 나무를 자주 보았지.　　　　頻看嶺刹枝

문장은 여사로도 충분하지만　　　　文章餘事足

신의는 근본이라 기이하다네.　　　　信義本源奇

가을 송골 산꼭대기에 오뚝 서 있고　　秋隼尖峰立

구름 위 붕새는 바다를 본다.　　　　雲鵬大海窺

재능은 경세 실무 관계가 있고　　　　才關經世務

그릇은 때에 맞는 추라 일컫네.　　　　器稱適時錘

낭묘에서 풍운이 가로막히매　　　　廊廟風雲阻

강호에서 해와 달만 흘려보냈네.　　　江湖日月馳

슬프다 성대의 원로이건만　　　　可憐昭代老

늙마의 슬픔만 공연히 짓네.　　　　空作暮年悲

예리하고 둔함에 차이 있어도　　　　利鈍非無別

궁하고 형통함은 기약이 있네.　　　　窮通自有期

기린 같은 천리의 뜻을 품고서　　　　猉獜千里志

사슴[91]으로 만봉에서 굶주리다니.　　麋鹿萬峰飢

---

91 《화암수록》 원문에는 '麋鹿'로 되어 있으나 '麋鹿'의 의미로 보고 후자로 번역하였다.

풍상의 절개는 뒤흔들리고   搖落風霜節
세모의 생각만 아득하여라.   崢嶸歲暮思
기심은 내게 이미 스러졌음을   機心吾已盡
다만 내 옛 벗만은 알아주겠지.   唯有故人知

부록

백화암의 화목품제 뒤에 제 하다[1]
이용휴

옛날 반고班固가 9등급으로 차례를 매겨 〈고금인표古今人表〉를 만들었다.[2] 하지만 오히려 뒤죽박죽 순서가 어긋난 것이 많아 이러쿵저러쿵하는 의론議論을 불렀다. 기실記室 종영鍾嶸은 《시품詩品》에서 시를 평하였고,[3] 태사太史 진인석陳仁錫은 《명문기상明文奇賞》에서 문장을 가려 뽑았다.[4] 이들은 자신들의 감식안이 몹시 정밀하다고 여겼으나 간혹 사람들의 뜻에 차지 않는 점이 있었다. 이제 백화암 주인의 〈화목품제〉를 살펴보니, 그가 자리를 정하고 순서를 배열한 것이 한나라 때 삼척三尺[5]이나 주나라의 구장九章[6] 제도와 터럭만큼의 차이도 없었다. 비록 꽃으로 하여금 제 스스로 등급을 매기게 하

---

1 이용휴의 《탄만집歎曼集》 잡저雜著에 실린 〈제화암화목품제후題花庵花木品第後〉이다.
2 한나라의 역사가 반고는 《한서漢書》 〈고금인표〉에서 삼황오제三皇五帝 시대부터 진泰나라까지의 역사적 인물들을 상상上上부터 하하下下까지 총 9등급으로 나누어 평가하였다. 최고 등급인 상상은 성인聖人, 최저 등급인 하하는 우인愚人에 해당된다.
3 종영은 남북조 시대 양나라 사람으로 자는 중위仲偉이다. 기실은 그가 역임한 벼슬 이름이다. 종영의 저작인 《시품詩品》은 시문에 대한 비평서로, 후한·위진 이래의 오언시五言詩를 상·중·하 3품으로 등급을 매겨 평가하였다.
4 진인석은 명나라 문인으로 자가 명경明卿 호는 지대芝臺이다. 고문古文을 두루 섭렵하여 방대한 저술을 남겼다. 그중 《명문기상》은 명초부터 명말까지 180여 명이 지은 명문名文을 선별하여 평점비평點批評을 한 선집이다.
5 한나라 때 군사의 신분에 따라 검의 길이를 다르게 규정한 제도를 가리킨다.

더라도 또한 이보다 낫지는 않을 터이니 어려운 일이라 할 만하다.
어떤 사람은 이렇게 말한다. "백화암의 주인은 인재를 선발하는 역
량이 있었으나 시대를 만나지 못하였다. 그리하여 꽃을 빌려 이를
구실 삼아 펼쳐 보였다."

혜환도인 이용휴 경명 씨가 짓다.

---

6 주나라의 복제 중 하나로, 천자의 면복冕服에 붙인 아홉 가지의 장식 무늬를 가리킨다. 청대淸代
   방포方苞는 《주관집주周官集注》에서 "구장의 처음은 용龍, 둘째는 산山, 셋째는 꿩(華蟲), 넷째는
   불(火), 다섯째는 제례 때 쓰는 술 그릇(宗彝), 여섯째는 해초(藻), 일곱째는 쌀알(粉米), 여덟째는
   도끼(黼), 아홉째는 왕권을 상징하는 문양(黻)을 말한다(九章初一曰龍, 次二曰山, 次三曰華蟲, 次
   四曰火, 次五曰宗彝 …… 次六曰藻, 次七曰粉米, 次八曰黼, 次九曰黻)"라고 하였다.

백화암에 부쳐 제 하다[7]

이용휴

하늘과 땅 사이 초목의 종류	兩間草木類
삼천 하고 삼백 가지 조금 넘는다.	三千三百餘
꽃 피는 것 꽃 없는 것 섞여 있지만	或花或不花
꽃 피는 것 열에 아홉 차지한다네.	花者九分居
이를 줄여 백 가지로 만들었으니	約之以爲百
그 뜻은 어디에서 취해 왔는가?	其義何取歟
비유하면 온 하늘 가득한 별들	譬如滿天星
역서에는 이십팔 수만 올린 격일세.	廿八登曆書
색깔 또한 다섯 가지 훨씬 넘으나	色又不止五
숫자대로 늘어놓긴 쉽지 않은 법.	數目難盡臚
품격 또한 한 가지가 아니고 보니	品格亦非一
백이와 유하혜나 자로와 자공.	夷惠由賜如
산새가 열매 물어 떨어뜨려서	山鳥唧實遺
신령스런 종자가 처음 나왔지.	靈種見始初
봄빛이 온갖 빛깔 색칠하여서	韶光爲設采

---

7 이용휴의 《혜환시초惠寰詩鈔》에 실린 〈기제백화암寄題百花菴〉이다.

맑은 기운 쉬지 않고 불어댔다네.　　　　淑氣不停噓

계절 따라 제각기 절로 피어나　　　　　候至各自開

난만함이 구름 노을 편 듯하구나.　　　　爛若雲霞舒

꽃다운 풀 중간에 초록 섞으니　　　　　芳草綠相間

내가 이를 아껴서 김매지 않네.　　　　　吾所愛不鋤

다시금 기이한 구경거리로　　　　　　　復欲備奇賞

외국에서 종려나무 구해왔었지.　　　　　遐域購栟櫚

시내 따라 돌아서 동산 오르니　　　　　緣溪轉涉園

어이 굳이 작은 수레 힘들게 하랴.　　　　何勞命小車

낮은 가지 이따금 갓에 걸리고　　　　　低枝時拘冠

지는 꽃잎 옷소매에 붙기도 하지.　　　　墮蕊或粘裾

이 아니면 마음이 즐겁지 않아　　　　　非此意不樂

숲길을 아침저녁 어이 다니랴.　　　　　林徑朝夕於

집사람 밥 먹으라 나를 부르면　　　　　家人告食具

장난으로 천천히 하라 대답한다네.　　　　戲答且姑徐

꽃잎을 따 먹다가 열매 씹으니　　　　　餐英而咀實

다름 아닌 그 옛날 궤거씨几蘧氏[8]일세.　　依然古几蘧

조물주는 청복[9]에 인색하거니　　　　　造物惜清福

어이해 나에게만 이리 주는가?　　　　　何爲偏餉予

8　중국 상고 시대의 전설적인 제왕을 이른다. 평생 몸과 마음가짐을 바르게 하였으며, 어지러운 세
　　상을 잘 다스렸고, 백성들의 풍습을 교화하는 일에 힘썼다고 전해진다.
9　깨끗하고 귀한 복이란 뜻이다. 복 중에서도 하늘이 특별히 점지해주는 것으로 쉽게 얻지 못한다
　　고 한다.

꽃 밑에서 이따금 술잔 들고서　　　　　　花下時擧杯
혼자 축하하다가 혼자 뽐내네.　　　　　　自賀復自譽
돈 냄새[10]와 비릿한 생선 냄새는　　　　　銅臭與鯖氣
꽃향기가 모두 다 씻어낸다네.[11]　　　　　眾香爲祓除
참된 경계 황당함과 다른 법이니[12]　　　　眞境異荒唐
무릉도원 어부를 보며 웃노라.　　　　　　顧笑武陵漁
하늘 위의 일은 내가 알지 못해도　　　　　天上吾不知
세상에선 견줄 곳 아예 없으리.　　　　　　人間無比諸
책상 위엔 잡서를 모두 치우고　　　　　　案上雜書屛
화경만 몇 권을 쌓아둔다네.　　　　　　　花經數卷儲
마음속에 티끌 먼지 하나도 없어　　　　　心中無一塵
저절로 마음이 맑게 비리라.　　　　　　　自然來淸虛
시 지어 그대에게 멀리 보내니　　　　　　作詩遠上寄
어이 그대 답시答詩를 바라겠는가?　　　　　豈望報瓊琚[13]
훗날에 그대 암자 내 가게 되면　　　　　　他日造君菴
생소한 손님 됨은 면할 터이니.　　　　　　庶免生客踈

10　동취銅臭는 동전 냄새라는 뜻으로 돈으로 벼슬을 산 사람을 가리킨다. 《후한서後漢書》에 따르면
　　한나라 영제 때 최열崔烈이라는 사람이 500만 전을 바쳐 사도司徒의 관직을 사자 사람들이 그
　　를 동전 냄새가 난다고 조롱하였다고 한다.
11　불제祓除는 푸닥거리를 하여 재앙을 쫓는 행위를 뜻한다.
12　국립중앙도서관에서 소장하고 있는 《혜환시초》 필사본에는 '眞境異荒唐'라고 쓰여 있으나 '眞境
　　弄荒唐'으로 쓰인 이본도 있다. 전자에 의거하여 번역하였다.
13　경거瓊琚는 아름다운 구슬이라는 뜻으로 시문을 높여 이르는 말이다. 《시경》〈위풍〉에서 "나에
　　게 목과를 주거늘, 경거로써 갚는다네[投我以木瓜, 報之以瓊琚]"라고 한 데서 비롯되었다.

우화재기[14]

채제공[15]

사문 유박은 꽃에 벽癖이 있다. 집은 황해도 배천의 금곡[16]인데, 어
지러운 세상일을 사절하고 날마다 꽃 심는 것을 일과로 삼아, 기르
지 않는 꽃이 없었고 꽃이 피지 않은 때가 없었다. 다섯 이랑 크기
의 울타리 안이 향기 가득한 중향국衆香國[17], 즉 꽃나라였다. 그는

---

14 채제공의 《번암집樊巖集》 권35에 실린 〈우화재기寓花齋記〉이다.

15 자가 백규伯規이고 호는 번암樊巖이며, 시호는 문숙文肅이다. 본관은 평강으로 1720년(숙종
46년)에 태어났다. 1743년(영조 19년) 이른 나이에 문과에 급제하여 도승지, 대사헌, 예문관제
학 등을 거쳐 영의정까지 올랐다. 대표적인 남인 계열의 문신으로 정조 연간에는 남인의 영수가
되어 정국을 주도하였다. 유박보다 10세 연상인 데다가 일찍부터 관직 생활을 한 터라, 유박이
우화재를 짓고 기문을 청할 당시 채제공은 이미 판서의 반열에 오른 상황이었다. 유박의 가문은
원래 소북 계열로 7대조 유자신柳自新이 1608년 광해군의 즉위와 함께 국구國舅의 자리에 오
르며 당대 최고의 권세가로 자리하였다. 그러다 1623년 인조반정과 함께 가문이 순식간에 몰락
하였는데, 이후 소북 계열의 집안 대부분은 남인으로 흡수되었다. 이러한 상황 속에서 유박의 일
가 또한 남인 계열의 유력 가문들과 혼인 관계를 기반으로 한 인적 관계망을 형성하였다. 유박
의 부친 유중상의 첫째 부인 사천 목씨는 목만중의 일가였으며, 유박의 고모는 남인 계열로 사간
원헌납司諫院獻納을 역임한 초계 정씨 집안의 정운주鄭雲柱에게 시집을 갔다. 유박 또한 자신
의 맏딸을 남인 계열 학자인 신후담의 맏손자에게 시집보낸 바 있다. 이러한 인적 관계망을 바
탕으로 유박은 채제공은 물론이며 이용휴, 정범조, 이헌경과 같은 당대의 이름난 남인 계열 문사
들에게 시와 기문을 그리 어렵지 않게 청할 수 있었던 것으로 보인다. 다만 그 내용을 볼 때 유박
이 채제공에게 직접 찾아가 기문을 청하긴 했지만, 그들이 이전부터 알고 지내는 사이는 아니었
던 것으로 보인다. 더욱이 꽃에 심취한 유박이라는 사람이 당대 이름 있는 문인들을 찾아 시문을
청하고 다닌다는 사실이 남인 계열의 문인들 사이에 적지 않게 퍼져 있었음을 짐작할 수 있다.

스스로 뽐내며 그 집의 이름을 우화재라 짓고는 한 시대에 시를 잘 짓기로 이름난 사람에게 널리 요청하여 이 일을 읊게 하였다.

나를 찾아와 기문記文을 지어달라 하므로 내가 듣고 웃으며 말하였다. "그대가 꽃을 아낀다면 진실로 그럴 만하겠지만, 애초에 도에 통달하지는 못한 듯하다. 천하 만물은, 있음은 없음의 출발점이요 쇠함은 성대함의 종착점이다. 이치가 반드시 그러한 것이다. 이 때문에 밝으면 어두워지고 어두우면 밝아지며, 추위가 대단하면 더위가 찾아오고 더위가 심해지면 추위가 돌아온다. 권세와 위엄이 성대한 자에게는 재앙이 미치고, 부귀가 성대한 자에게는 앙화殃禍가 이른다. 대개 사물이 사람에게 구경거리가 되는 까닭은 그 성하고 쇠함이 매우 빠르기 때문이다. 꽃은 천지의 정영精英으로 색깔은 사람의 눈을 홀리고, 향기는 사람의 코를 찌른다. 이 점을 높여 혹 왕이라 일컫기도 하고, 바른 것을 높이 보아 군자라 하기도 한다. 서리를 견뎌내는 모습을 보고 혹 절개에 견주기도 하고, 티끌세상을 벗어난 모습을 두고 처사處士에 비유하기도 한다. 요컨대 천지가 꽃을 몹시 아끼기는 해도, 늘 피어 있게 하지는 않는다.

---

16 황해도 배천군의 남동쪽에 위치하고 있다. 옛날부터 이곳에서 사금이 많이 채취되었다는 데서 지명이 유래하였다. 《조선지형도》의 배천 지역 지도를 살펴보면 예성강 인근의 금광 표시를 확인할 수 있다. 《세종실록지리지》에 금곡이라는 이름의 포구와 역이 등장한다. 또 《대동여지도大東輿地圖》에도 금곡이란 이름의 역참이 등장하고 있다. 이 밖에 《여지도서輿地圖書》, 《호구총수戶口總數》, 《해동지도》, 《1872년 지방지도1872年地方地圖》 등에서도 금곡이란 지명을 확인할 수 있다.(《한국지명유래집─북한편》 1, 국토교통부 국토지리정보원, 2013, 821~825쪽)

17 《유마경維摩經》에 등장하는 불국佛國의 이름으로 향적여래香積如來가 다스린다고 한다. 온갖 꽃이 활짝 피어 있는 곳을 비유하는 말로 쓰인다.

화암수록

이런 까닭에 꽃이 피어나면 비바람이 뒤따르게 마련이다. 이는 조물주가 그치게 할 수 있는데도 그렇게 하지 않는 것이 아니다. 사물이 성하고 쇠하는 것은 비록 조물주라 해도 어찌할 수가 없다. 이제 그대가 꽃을 심을 때 높은 것은 높이고 낮은 것은 낮추어 형형색색을 갖추었으니, 이 꽃이 바래면 저 꽃이 화려하고, 저 꽃이 시들면 이 꽃이 이어 핀다. 비록 눈이 쌓이고 얼음이 계속 어는 계절이라 해도, 그대의 앞에는 꽃이 평소와 다름없이 핀다. 이 같은 방법에 따라 행한다면 밝거나 어둡거나 춥거나 덥거나 간에 꽃이 피지 않을 때가 없을 것이다. 권세와 위엄이 있는 자가 그 화려함을 길이 가져갈 수 있고 부귀한 자가 즐거움을 오래 누릴 수 있게 될 터이니 어찌 옳다고 하겠는가. 하물며 그대가 우화재라고 이름을 붙이기까지 하였으니 또 얼마나 편협한가. 그대의 집은 온갖 꽃으로 울타리를 삼았고, 그대 자신은 집에 기거하는 것을 우화寓花, 즉 꽃에 깃들여 산다고 여기니, 그럴싸하다.

하지만 나무의 뿌리는 흙에 깃들이고 줄기는 뿌리에 깃들이며 가지는 줄기에 깃들인다. 꽃받침은 가지에 깃들이고 꽃부리는 꽃받침에 깃들이며, 꽃술은 꽃부리에 깃들이고 벌과 나비는 꽃술에 깃들인다. 그러니 꽃은 진실로 이렇게 깃들이는 것을 견디지 못할 터이니, 그대가 여기에 또 깃들여 군더더기를 더하도록 놓아두겠는가. 그대는 시험 삼아 한번 생각해보게나. 그대의 몸뚱이는 집에 깃들이고, 집은 천지天地의 사이에 깃들이니, 천지란 것은 바로 사물이 묵어가는 여인숙일 뿐이다.[18] 그대가 이를 일컬어 말하기를, '여인숙에 깃들인다'라고 한다면 꽃에 깃들인다고 해도 되겠지만, 이것은 또한 사물을 사사로이 소유하려 드는 것이 아니겠는가. 하지만 내가 들으니 그대가 꽃을 몹시 사랑하여 사람들이 여기에 감화되지 않음이 없다고 한다. 그대가 일이 있어서 먼 데로 가느라 때에 맞게 돌아오지 못하면 집안사람들은 꽃을 심고 또 꽃에 물을 주는데, 그대가 집에 있을 때와 똑같이 하여 그때를 놓치지 않는다. 이야말로 꽃에 대한 그대의 사랑이 집안사람을 감화시킨 것이라 하겠다.

금곡 인근의 마을에 사는 사람이 그대가 화단을 쌓아 꽃 뿌리를 북돋운다는 말을 들으면 시키지 않아도 달려오고, 권하지 않아도 일을 해서 마치 자기 일을 그만둘 수 없는 것같이 한다. 이는 그대의 꽃 사랑이 이웃까지 감화시킨 것이다. 고을에서 배를 몰아 날마다 남쪽으로 내려가는 자가 기이한 품종을 보면 화분에 담아다가 배로 보내 신이 나서 바치기를 아랫사람이 윗사람에게 올리는 것[納錫][19]처럼 한다. 이것은 그대의 꽃 사랑이 뱃사람마저 감화시킨 것이다. 그대는 포의布衣를 입은 선비일 뿐인데 대체 무슨 힘으로 이렇게까지 한단 말인가?

자사子思는 '성실함이 없으면 사물도 없다'[20]고 하였고, 일찍이 공

18　당나라 시인 이백은 그의 시 〈춘야연도리원서春夜宴桃李園序〉에서 "무릇 천지는 만물이 잠시 들렀다 가는 여인숙이요, 세월은 그저 잠깐 들렀다 가는 나그네라[夫天地者, 萬物之逆旅, 光陰者, 百代之過客]"라고 하였다.

19　납석納錫은 《서경》 〈우공禹貢〉 편의 "구강에서 큰 거북을 바쳤다[九江納錫大龜]"에서 나온 말이다. 남송의 주희는 이를 "아랫사람이 윗사람에게 바친다[謂之納錫者, 下與上之辭, 重其事也]"라는 의미로 해석하였다. 주희의 해석에 의거하여 번역하였다.

20　《중용中庸》에서 "성은 스스로 이루어지는 것이고 도는 스스로 행하여야 하는 것이다. 성은 사물의 끝과 시작이니 성실하지 않으면 사물이 없다. 그러므로 군자는 성실을 귀하게 여긴다[誠者自成也, 而道自道也. 誠者物之終始, 不誠無物. 是故君子誠之爲貴]"라고 하였다.

자께서도 '성실함을 가릴 수 없음이 이와 같구나'²¹고 하셨다. 천하의 일은 성실한데도 감응感應하지 않는 것은 없다. 대저 꽃을 귀하게 여기는 것은 단지 향기와 빛깔 때문이 아니라, 꽃을 통해 열매를 맺기 때문이다. 그대는 성실한 마음으로 꽃에 대한 취미를 추구하고 천하 사물의 실다운 이치에서 이를 구하니, 단지 깃들이기만 하는 것은 아니다. 몸이 이치와 더불어 하나가 된다면 훗날 뿌리를 북돋워 열매를 먹는 보람이 또한 무궁하지 않겠는가. 이에 글을 지어 권면한다."

---

21 《중용》에서 "《시경》〈억抑〉편에 이르기를, '귀신이 이르는 것을 예측할 수 없으니, 하물며 귀신을 싫어할 수 있겠는가'라고 하였다. 대저 은미함이 드러나니, 성을 가릴 수 없음이 이와 같구나(詩曰, 神之格思, 不可度思, 矧可射思. 夫微之顯, 誠之不可揜如此夫)"라고 하였다. 《화암수록》 원문에서는 이를 '曾子曰', 즉 증자의 말이라고 하였으나, 《중용》 원문에서는 '子曰', 즉 공자의 말이라고 하였다. 인용 과정에서 발생한 오기로 보아 공자의 말로 번역하였다.

백화암기[22]
이헌경[23]

유박 군은 백주白州[24]의 금곡에 산다. 언덕과 동산, 섬돌과 뜨락이 모두 꽃나무로 뒤덮여 대개 꽃이 백 가지나 되므로 거처하는 집에 '백화암'이라는 이름을 붙였다. 그가 서울로 사람을 보내, 내가 잘 아는 사람을 통해 나에게 기문을 구하였다.

내가 이에 응하여 이렇게 말하였다. "옛날의 은자는 흔히 꽃에 숨었다. 진나라 사람은 복숭아꽃에 숨었고, 화정和靖 임포林逋[25]는 매화에 숨었으며, 주돈이는 연꽃에 숨고, 도연명陶淵明[26]은 국화에 숨었다. 그렇다면 지금 유군은 백 가지 꽃에 숨은 자일까? 하지만 복숭아

---

22 이헌경의 《간옹집艮翁集》 권20에 실린 〈백화암기百花菴記〉이다.

23 자가 몽서夢瑞이고 호는 간옹艮翁이다. 본관은 전주로 1719년(숙종 45년)에 태어났다. 1743년(영조 19년) 이른 나이에 문과에 급제하여 사간원과 사헌부, 홍문관에서 주로 활동하였으며, 정조 연간에 대사간에 오르기도 하였다. 어려서부터 문장에 뛰어난 능력을 보였고 18세기 남인 문단에서 독보적인 위상을 떨친 바 있다. 앞서 언급하였던 채제공, 이용휴와 마찬가지로 유박을 개인적으로는 잘 알지 못했을뿐더러 백화암에 직접 가보지도 않았던 것으로 보인다. 기문의 내용을 살펴보면 유박이 자신과 친분이 있는 다른 사람을 통해서 이헌경에게 기문을 요청하였음을 확인할 수 있다. 이 또한 유박의 일가가 혼인 관계 등을 통해 남인 계열의 유력 가문들과 나름의 인적 관계망을 형성하고 있었기 때문에 가능한 일이라고 여겨진다.

24 고려 시대에 배천 지역을 이르던 말이다. 조선 초 태종 연간에 배천으로 이름이 바뀌었다.

25 북송의 시인이자 은자이다. 화정和靖은 호이며, 자는 군복君復이다. 서호西湖의 고산孤山에서 매화와 학을 벗 삼아 은거하였다고 전한다.

꽃과 매화는 봄에 피고 연꽃과 국화는 가을에 핀다. 앞서 의탁하여 숨은 네 사람은 네 계절 중 한 가지 계절만 얻었고 나머지 세 계절은 얻지 못했다. 지금 유군이 아끼는 것이 백 가지 꽃이고 보니 네 계절의 꽃이 두루 갖추어져서 언제고 숨지 못할 때가 없다. 저 네 사람이 얻은 바에 견준다면 사치스럽지 않겠는가. 유군이 깃들여 숨어 사는 운치는 네 계절을 통하여 변함이 없다. 그럴진대 그는 끝내 숨어서 나오지 않으려는 사람일까?"

어떤 이가 말하였다. "사람이 화훼를 지나치게 아끼고 몹시 좋아하는 바가 있는 것은 덕성이 서로 걸맞고 취향이 비슷하기 때문이다. 앞서 말하였던 몇 사람의 군자가 바로 여기에 해당한다. 하지만 유군은 그렇지가 않다. 백 가지 꽃을 앞에다 나란히 늘어세워 두고 함께 기르며 모두 완상하고자 하는데, 이는 그가 좋아하는 바가 어지럽고, 간소하지 못해서가 아니겠는가. 번화하고 화려하며 부귀스러운 볼거리는 은자라면 마땅히 숭상할 바가 아니다."

내가 말하였다. "그렇지가 않다. 꽃의 품계에는 진실로 높고 낮고 맑고 탁한 차이가 있게 마련이다. 하지만 꽃이 이슬을 맞아 피어나고 바람에 떨어지는 것은 모두가 한결같이 천기와 자연에 말미암는

---

26 위진남북조 시대에 활동한 중국의 대표적인 시인이다. 국화와 관련된 그의 일화는 시 〈음주飲酒〉에서 확인할 수 있다. "변두리에 오두막 짓고 사니, 날 찾는 수레와 말의 시끄러운 소리 하나 없네. 묻노니 어찌 이럴 수 있는가, 마음에서 멀어지니 사는 곳도 구석지다네. 동쪽 울타리 아래 국화꽃 따며, 편안히 남산을 바라본다. 산기운은 저녁 햇빛에 더욱 아름답고, 나는 새들도 서로 더불어 둥지로 돌아오네. 이러한 자연 속에 참다운 삶의 뜻이 있으니, 말로 표현하려 해도 할 말을 잊었네(結廬在人境, 而無車馬喧. 問君何能爾, 心遠地自偏. 採菊東籬下, 悠然見南山. 山氣日夕佳, 飛鳥相與還. 此中有真意, 欲辨已忘言)."

다. 내가 유군을 알지 못하나 생각해보니 그는 사물을 관찰하여 이
치를 완상하는 사람일 것이다. 꽃이 피고 지는 것을 살피며 자연을
즐기니, 어디를 간들 자연이 아니겠는가?" 마침내 그 말을 적어 기문
으로 삼는다.

백화암기[27]
목만중[28]

화품은 인품과 같아서 온갖 종류가 뒤섞여 어지럽고 모양과 빛깔이
저마다 다르다. 고운 것과 추한 것, 담백한 것과 진한 것, 높고 고요
한 것과 우뚝하고 고운 것, 꼿꼿하여 품격이 있는 것과 요염하여 자
태가 있는 것, 군자 같은 것과 일사逸士, 즉 세상을 등지고 숨어 사는
선비 같은 것, 미인 같은 것과 소인 같은 것도 있다. 하지만 황량한
교외의 궁벽한 계곡에서 무성하게 뒤섞여 홀로 피고 홀로 지는 것을
사람들이 다 알 수는 없는 노릇이다.

　대저 화가가 붓을 빨아 종이를 앞에 두고 교묘하게 새로운 뜻을
펴 보이더라도 100장을 채우지 못해 이미 저 사람이 이 사람 같고,
이 꽃이 저 꽃 같은 느낌을 갖게 된다. 저 봄바람이 때맞춰 불고 비

27　목만중의《여와집餘窩集》권13에 실린 〈백화암기百花菴記〉이다.
28　자가 유선幼選이고 호는 여와餘窩이다. 본관은 사천으로 대대로 과거 급제자를 배출해온 남인
　　계열의 명문가 출신이다. 1727년(영조 3)에 태어나 1759년(영조 35) 문과에 급제하였으며, 순
　　조 연간에 대사간에 올랐다. 특히 순조 초년에는 남인 공서파攻西派를 주도해 시파時派 계열의
　　천주교도들을 탄압하는 데 앞장서기도 하였다. 유박과는 인척이다. 그래서 유박은 목만중에게
　　백화암의 기문을 그리 어렵지 않게 부탁할 수 있었던 것으로 여겨진다. 그러나 기문에서 목만중
　　은 평소 유박에 대해 들어본 바는 있으나 개인적으로 잘 알지는 못하며 언제 한번 만나보고 싶
　　고 언급한 바 있다. 이에 비추어 볼 때 유박의 이름 정도는 알고 있었으나, 직접 교유하던 사이는
　　아니었던 것으로 보인다.

가 내리면 붉은빛과 자줏빛 꽃이 온 산에 가득하여 향기가 코를 막고 색깔은 눈을 어지럽힌다. 꽃잎 하나 꽃받침 하나도 똑같은 것이 결코 없으니, 조물주의 공력으로도 이렇게 할 수는 없을 것이다. 시정과 조정 사이에서 사람을 알아보는 일도 이와 같다.

옛날에 꽃에 대해 말을 잘한 사람으로 소요부邵堯夫 선생만 한 이가 없다. 그는 이렇게 말하였다. "뿌리와 그루를 보고 꽃의 귀하고 천함을 알아보는 자가 으뜸이고, 가지와 잎을 보고 아는 자는 그다음이며, 꽃송이를 보고서야 아는 자는 아랫길이다."²⁹ 이는 모란뿐만 아니라 온갖 꽃에 통할 수가 있다.

내가 유화서 군을 알지는 못하지만 그가 서해 바닷가에 머물러 산다는 이야기를 들었다. 뜰 가득 꽃을 심고 자신의 호를 백화암이라 한다고 하니 아마도 꽃에다 자신을 숨긴 사람인가 싶다. 꽃을 많이 보면 반드시 품격을 구별할 수 있고, 꽃을 깊이 사랑하면 틀림없이 성정을 알 수 있을 터이니, 내가 유군을 만나서 이에 대해 물어보고 싶다.

---

29 소요부는 북송의 문인 소옹邵雍을 이른다. 요부堯夫는 자이며 시호는 강절康節이다. 남송의 여
    본중呂本中은 《동몽훈童蒙訓》에서 소옹의 이 말을 인용하여 "뿌리와 그루를 보고 꽃의 귀하고
    천함을 알아보는 자가 지화의 으뜸이고, 가지와 잎을 보고 아는 자는 그다음이며, 꽃송이를 보고
    서야 아는 자는 아랫길이다(見根橃而知花之高下者, 知花之上也. 見枝葉而知高下者, 知花之次
    也. 見蓓蕾而知高下者, 知花之下也)"라고 하였다.

유 사문의 백화암에 부쳐 제하다[30]
정범조[31]

산택 깊이 숨어 살며 온갖 인연 끊었지만	山澤深居了百緣
꽃 탐하는 벽 하나는 치료하기 어렵구나.	饞花一癖苦難痊
도방에선 쉴 새 없이 일 년 내내 씨 뿌리고	都房不斷窮年種
마음 능히 조화의 저울질을 돕는도다.	腔子能專贊化權
문 열면 들쑥날쑥 온통 해를 향해 있고	開有參差渾向日
짙고 옅음 할 것 없이 안개 속에 잠겨 있네.	色無濃淡盡蒸烟
벼슬 뒤의 만년 계획 임원에 있거니와	休官晚計林園在
물 주고 심는 신통한 방법 혹 상세히 전해주오.	灌植靈方儻細傳

---

30 정범조丁範祖의《해좌집海左集》권8에 실린〈기제유사문백화암寄題柳斯文百花菴〉이다.
31 자가 법세法世이고 호는 해좌海左이며, 시호는 문헌文憲이다. 본관은 나주로 남인 집안 출신이
    다. 1723년(경종 3)에 태어나 1763년(영조 39) 문과에 급제하였다. 이조좌랑, 동부승지, 대사
    간 등을 역임하였으며, 특히 시율과 문장에 뛰어나 말년까지 예문관과 홍문관의 제학으로서 조
    정의 문사를 담당하기도 하였다. 18세기 후반 남인 문단을 대표하는 문인이었는데 평소 유박과
    교유하던 사이는 아니었던 것으로 보인다. 이 시에 '寄題'라는 말이 붙은 것에서, 앞서 살펴본 이
    용휴와 마찬가지로 서로 인편으로 글을 주고받았음을 알 수 있다. 아울러 시문의 내용을 살펴보
    면 정범조 역시 이와 같은 유박의 삶을 어느 정도 동경했음을 확인할 수 있다.

겨울밤 금곡의 유 처사에게 주다[32]

우경모

한 등불 다 지도록 할 말이 외려 남아	一燈將盡語猶餘
이 밤 서로 만난 것은 새해의 첫날일세.	此夜相逢兩歲初
이따금 눈썹에선 강개한 기운 일어나고	往往眉生燕趙氣
부지런히 고금의 서적에 대해 토로했지.	亹亹舌吐古今書
숭대에서 낚시하며 시절을 보냈었고	風雲荏苒崇臺釣
해곡에 사는 동안 세월은 더뎠었지.	日月棲遲海谷居
눈 온 뒤 강가 매화 어느새 늦었으니	雪後江梅看已晚
꾀꼬리와 꽃 시절이 다시 날 기다리리.	鶯花時節更須余

2수	其二

서주 땅에 머문 것도 여러 해가 지났는데	西州零落已多時
큰 나무에 봄은 남아 고택이 서글프다.	喬木春殘古宅悲
금곡의 안개 노을 옛날과 그대로요	金谷烟霞猶舊物

---

32 우경모의 《백담집》에 실린 〈동야증금곡유처사冬夜贈金谷柳處士〉이다.

벽란도의 꽃과 새는 새 시 지을 재료일세.   碧瀾花鳥摠新詩

강호에 날 저물고 친한 이는 적은데   江湖日暮相親少

서울 땅 해 가도록 좋은 소식 안 오누나.   京洛年深好報遲

아양곡峨洋曲[33] 한 곡조에 마음으로 화답하니   一曲峨洋心以和

신교[34]에 어이 굳이 관포[35]를 생각하리.   神交何必管鮑思

---

33 아양峨洋은 높은 산과 드넓은 강이라는 의미로, 중국 고대 거문고의 명인인 백아伯牙의 거문고
   연주를 형용한 말이다. 백아가 거문고를 연주하면 오직 친구 종자기鐘子期만이 곡조를 제대로
   이해했다고 한다.

34 서로 마음이 통하는 교유를 이르는 말이다.

35 춘추 시대 관중管仲과 포숙아鮑叔牙의 우정을 말한다.

금곡의 처사 유박의 백화암에 제 하다[36] 소서小敍를 같이 쓰다.

우경모

옛날에 꽃을 사랑한 자가 얼마나 많았겠는가? 그중에 가장 일컬을 만한 것은 바로 도연명의 국화와 주돈이의 연꽃이다. 국화는 처사의 절개를 닮아서 아낌을 받았고, 연꽃은 군자의 바탕에 견주어서 사랑을 받았다. 하지만 그들이 이를 아낀 것은 편협하고 좁음을 면치 못하였다. 이는 마치 백이伯夷의 고결함이나 유하혜柳下惠의 이래도 좋고 저래도 좋은 성미처럼 저마다 한 가지 방면에만 치우쳐서 능히 집대성의 경지에는 나아갈 수 없는 것과 같다.[37]

지금 처사 유화서 씨가 온갖 꽃을 사랑함은 어찌 이다지도 폭넓단 말인가. 푸른색, 노란색, 붉은색, 흰색 등 없는 색이 없고, 기이한 것과 평범한 것, 귀한 것과 천한 것 등 갖추지 않은 꽃이 없다. 봄에는 난초가 피고 가을에는 국화가 피어 저마다 때에 따라 사랑한다. 이렇게 본다면 도연명이나 주돈이가 꽃을 사랑한 것보다 견주어 더 폭

---

36 우경모의 《백담집》에 실린 〈제금곡유처사박백화암題金谷柳處士璞百花菴〉이다.

37 《맹자孟子》〈공손추公孫丑〉상上에서 "백이는 섬길 만한 군주가 아니면 섬기지 않았으며, 노나라 대부 유하혜는 나쁜 임금 섬기기를 부끄러워하지 않았다. 백이는 도량이 좁고 유하혜는 공손하지 못하니, 도량이 좁고 공손하지 못한 것을 군자는 따르지 않는다〔伯夷, 非其君不事, 柳下惠不羞汚君. …… 伯夷隘, 柳下惠不恭. 隘與不恭, 君子不由也〕"라고 하였다.

넓다고 할 만하니 또한 꽃을 집대성한 사람이라고 하겠다. 나는 그
래서 유 처사야말로 꽃을 아끼는 성자라고 말한다. 하지만 내가 백
화암으로 달려가서 주인의 말을 듣고 그 낯빛을 살펴보니 매화에 대
한 그의 사랑이 다른 꽃에 비해 남달랐다. 혹 그는 맑고 높고 순수하
고 결백한 모양이 자신과 똑같다고 생각한 것일까? 공자께서는 "널
리 뭇사람을 사랑하되 어진 이와 친히 지내라"고 하셨으니 매화를
온갖 꽃의 첫머리에 둔 것은 인仁이 온갖 선에서 으뜸이 됨과 같지
않겠는가.

쓸쓸한 강호에 처사가 사는 집	牢落江湖處士家
만년의 생활을 꽃에다 깃들였지.	晚年經濟寓於花
성벽性癖을 모두 다 마음에 붙였으니	癖淫俱是心專着
화초 기름 이보다 더할 수가 있겠는가.	疏灌何曾愛有加
거적문 가난하여 적막하다 하지 마소	休道席門貧寂寞
금곡 땅의 옛 번화가 여기에 또 있도다.[38]	不孤金谷舊繁華
게다가 집 위에선 별빛이 반짝여서	且看屋上奎芒燭
상자 가득 도서를 환히 비춰 뽐내네.	照爛圖書滿篋誇

---

38 금곡은 황해도 배천의 지명일 뿐만 아니라 중국 진晉나라의 큰 부자 석숭石崇의 정원이 있던 곳
   이기도 하다. 석숭의 정원은 비단으로 둘레를 둘렀을 정도로 호사스러웠다고 한다. 배천 금곡에
   자리한 유박의 백화암이 석숭의 정원에 못지않다고 치켜세운 것이다.

금곡 백화암 상량문[39]
유득공[40]

꽃이 백 가지에 그치지 않지만 백이라 한 것은 숫자를 채우려 한 것일 뿐이다. 암자의 이름은 어찌 된 것일까. 틀림없이 그 실제 사실을 가리켜 말한 것이다. 꽃의 주인〔花主人〕이 누구냐 하면 유 선생 아무개이다. 그는 헌원씨軒轅氏의 먼 후예[41]요, 조선의 벼슬하지 않은 포의布衣이다. 그는, 도연명이 오두미五斗米를 위해 절할 수 없음을[42] 내세워 돌아와 문 앞에 버드나무를 심었던 일[43]을 배웠고, 범려范蠡가 채찍 하나만 남겨놓고 급히 배를 타서 황금을 흩어 나눠 준 것[44]

---

39 유득공의《영재집泠齋集》권13에 실린〈금곡백화암상량문金谷百花菴上梁文〉이다.
40 《발해고渤海考》의 지은이로 잘 알려진 북학파 계열의 실학자로 유박과 혈연관계에 있던 동시대의 대표적인 인물이다. 자가 혜보惠甫이며 호는 영재이다. 그는 유박보다 18세 연하의 재종질로 1748년(영조 24년)에 태어났다. 다만, 유득공은 증조부 유삼익柳三益이 서자였던 관계로서 얼 집안 출신이라는 신분적 제약을 안고 있었다. 그러나 유득공은 이를 소북 출신의 멸문가라는 가문의 당색과 정치적 한계를 극복하는 기회로 삼았던 것으로 보인다. 그는 노론 계열의 연암학파 인사들과도 두터운 교분을 쌓는 등 자신을 둘러싼 운명의 굴레에서 벗어나 비교적 자유롭게 정치적, 학문적 활동을 펼쳤다.《영재집》에는 재종숙 유박을 위해 지은 백화암의 상량문이 실려 있다. 유득공이 평소에도 유박과 교류했는지는 분명치 않다. 다만 앞서 살펴본 채제공이나 이헌경, 목만중이 보낸 글과 그 내용을 비교할 때, 유박과 백화암에 대해 비교적 풍부한 정보를 가지고 있음을 확인할 수 있다. 이를 고려할 때 그는 상량문 작성에 앞서 백화암에 방문하여 유박을 만난 것으로 추정된다.
41 문화 유씨의 시조인 고려 유차달柳車達의 조상이 중국 고대의 황제 헌원씨의 후예이자 하나라 우왕의 10대손인 신갑후甲이라는 설이 있다.

194   화암수록

을 사모하였다. 사물과 나 사이에 옳고 그름을 따지는 것을 모두 잊었으니, 나비가 장주莊周가 되고 장주가 나비가 된 셈이다.[45] 귀하고 천함과 영화롭고 욕됨 따위야 어이 족히 말하겠는가. 엄군평嚴君平[46]은 세상을 버렸고 세상도 엄군평을 버렸다. 이에 소요하면서 노니니, 시간을 보내며 회포를 푸는 데 방법이 있었다.

화교和嶠는 돈에 벽이 있었고,[47] 왕제王濟는 말에 벽이 있었다.[48] 꽃에 벽이 있는 사람은 몇 명이나 될까. 눈(雪)은 사람의 마음을 시원스럽게 해주고 달은 고독하게 만든다. 사람의 마음을 운치 있게 만

---

42 중국의 대표적인 시인 도연명의 고사에서 유래한 말이다. 도연명이 진晉나라 팽택의 현령으로 있다가 독우의 시찰을 받게 되었다. 아전이 독우에게 인사를 해야 한다고 하자 그는 "내가 쌀 다섯 말의 봉급 때문에 시골의 소인에게 허리를 구부릴 수는 없다(吾不能爲五斗米, 折腰拳拳事鄉里小人)"라고 하며 수령의 인끈을 풀어놓고 고향으로 돌아갔다. 이때 읊은 시가 〈귀거래사歸去來辭〉이다.

43 도연명의 〈오류선생전五柳先生傳〉에서 "선생은 어떤 사람인지 알지 못하고 그의 성도 상세하지 않다. 집가에 다섯 그루의 버드나무가 있다 하여 오류선생으로 호를 삼았다(先生不知何許人也, 亦不詳其姓字. 宅邊有五柳樹, 因以爲號焉)"라고 하였다.

44 춘추 시대 범려의 고사에서 비롯된 말이다. 그는 월나라를 떠나 제나라에서 재상을 하던 중 갑자기 모든 재물을 주변에 나누어 주고는 재상 자리를 버리고 떠났다고 한다.

45 《장자莊子》〈제물론齊物論〉에 나오는 우화를 인용한 것이다. 장주가 꿈속에서 나비가 되어 날아다녔는데, 꿈을 깨고 보니 자신이 나비인지 장주인지, 꿈이 현실인지 현실이 꿈인지 알 수가 없었다고 한다. '호접지몽胡蝶之夢'이라는 고사로 잘 알려져 있다.

46 한나라 때의 은사이다. 당나라 시인 이백은 시 〈고풍古風〉에서 "엄군평은 이미 세상을 버렸고, 세상 또한 엄군평을 버렸네. 변화를 살피고 태초 이전 끝까지 궁구하여, 근원을 탐색하고 뭇 생명들을 교화하네(君平既棄世, 世亦棄君平. 觀變窮太易, 探元化羣生)"라고 하였다.

47 《화암수록》 원문에는 '溫癖'이라 하여 위진 시대 진晉나라 장수 온교溫嶠가 돈에 벽이 있었다고 하였다. 그러나 실제로 돈에 벽이 있었던 사람은 동시대에 살았던 화교라는 사람이었다. 유득공이 두 사람의 이름을 혼동한 것으로 보아 화교로 번역하였다.

48 《진서晉書》에서 "두예杜預는 항상 '왕제는 말을 좋아하는 벽이 있고 화교는 돈을 좋아하는 벽이 있다'고 말하였다(預常稱, 濟有馬癖, 嶠有錢癖)"라고 하였다.

들어주는 것은 바로 꽃이다. 그는 어떤 사람의 집에 기이한 화훼가 있다는 말을 들으면 비록 천금을 주고서라도 반드시 구하였고, 바다에서 온 배가 감춰두고 있는 것을 엿보아 만 리 떨어진 데 있는 것이라도 반드시 가져왔다. 여름에는 석류, 겨울에는 매화, 봄에는 복사꽃, 가을에는 국화를 길러 사계절 내내 꽃이 끊이지 않았다. 치자는 희고 난초는 푸르며 규화, 즉 접시꽃은 붉고 원추리는 노라니, 오색 가운데 검은색이 빠진 것을 안타까워하였다. 태곳적 둥지[49]를 엮어서 열매를 따 먹으며 살 수는 없고 무하향無何鄕[50]을 세워 그 그늘에서 잠들 수도 없지만, 여기에 낡은 집이 있으니 바로 해묵은 건물일 뿐이었다.

낮에는 띠를 얹고 밤에는 새끼를 꼬니 농사의 여가에도 애쓰지 않음이 없고, 애꾸눈을 떠서 먹줄을 잡고 등을 구부려 벽을 바르니 어찌 뜬금없는 비방이 있겠는가. 향을 살라 들보를 올리는 제사[51] 지냄에 연주延州 땅의 인절미(粉餈)[52]를 치고, 영롱한 왕골자리는 예성강 서쪽(江西)[53] 땅의 용수초로 짰구나. 산림과 수석의 훌륭함은 우리 당숙께서 이미 말씀하셨고, 시문과 서화는 나와 한 시대를 사는 아

---

49 중국 상고 시대의 은자 소보巢父의 일화에서 유래한 말이다. 그는 요임금이 천하를 물려주려 하자 기산으로 숨어 나무 위에 새처럼 둥지를 짓고 살았다고 한다.

50 무하유지향無何有之鄕의 약자로, 있는 것이란 아무것도 없는 곳이란 뜻이다. 《장자》에 나오는 말로 무위자연無爲自然의 도가 행해지는 이상향을 이른다.

51 집을 지을 때 기둥을 세우고 보를 얹은 다음 마룻대를 올리는 상량식上梁式을 이른다.

52 연주는 황해도 배천과 연안延安 지역을 아우르는 말이다. 연안과 배천의 첫 글자를 따서 연백延白이라 부르기도 한다. 분자粉餈는 가루떡, 즉 인절미를 이른다. 이 지역에서 기름지고 찰진 찹쌀이 생산되어 조선 시대 이래 지역 특산물로 인절미가 유명하였다. '연안인절미' 또는 '연백인절미'라고도 한다. 혼인할 때 많이 만들어 먹어 '혼인인절미'라고도 부른다.

무개와 아무개의 것이다. 비록 한 채의 띠집에 불과하지만, 백화암이라고 말하기에는 충분하다. 이는 마치 제자들이 항렬에 따라 어떤 사람은 마루 위로 올라가고 어떤 사람은 방 안으로 들어가 서로 손님과 주인의 처지가 되어, 너는 동쪽 계단에 서고, 나는 서쪽 계단에 서는 것과 다름없다.[54] 나무를 잘 심는 곽탁타郭橐駝[55] 같은 사람을 만나면 이끌어 윗자리로 모시고, 도화桃花에 빠진 역마살[56]을 자랑하니 옛사람에 견주어 과연 어떠한가. 과연 금곡의 번화함이 어느새 문득 향기로운 세상으로 변하였도다. 어떤 이는 "어이하여 고생하는가. 그만두게나"라고 하지만, 그는 웃으며 대답하지 않고 유유히 내버려둘 뿐이다. 10년간 호해湖海에 살며 권세 있는 집의 문 앞에는 발길조차 두지 않았으니, 온 봄이 마치 그림과도 같아서 꿈에 벌과 나비를 바람 속으로 데리고 오는 듯하다.

들보의 동쪽으로 던지세.[57] 벽란도의 사공들에게 분부하노라. 좋

53　강서江西는 예성강 서쪽에 위치한 황해도 배천 일대를 가리킨다. 1952년의 행정구역 개편 이전까지 강서리江西里라는 지명이 이 지역에 남아 있었다. 배천에는 강서사江西寺라는 유서 깊은 사찰도 있다.

54　제자들이 학습 수준에 따라 자리를 잡듯이, 백화암의 여러 화초가 저마다 자리 잡고 있는 모양을 비유한 것이다.

55　당나라의 문인 유종원柳宗元은 〈종수곽탁타전種樹郭橐駝傳〉에서 "탁타는 나무 심는 것을 업으로 하였는데, 무릇 장안의 세력가나 부호로서 이를 즐겨 감상하려는 자와 과일을 팔려는 이들이 모두 다투어 그를 맞이해 나무를 기르게 하였다. 탁타가 심거나 옮기는 나무를 보면 살지 못하는 것이 없고, 또 크고 무성하며 일찍 열매를 맺고 번성하였다. 나무 심는 다른 이들이, 비록 엿보고 따라 해보아도 곽탁타와 같이 할 수 있는 이는 없었다(駝業種樹, 凡長安豪富人爲觀遊及賣果者, 皆爭迎取養, 視駝所種樹, 或移徙, 無不活, 且碩茂, 早實以蕃. 他植者雖窺伺效慕, 莫能如也)"라고 하였다.

56　도화와 역마는 사주의 점패이나 여기서는 꽃에 미쳐서 어디든 찾아다니는 역마살이 있다는 의미로 쓴 듯하다.

은 화분 금곡으로 실어 올 때는 뱃삯은 한 푼도 받지 마라.

들보의 서쪽으로 던지세. 돛대 바람 한 번 받으면 청주靑州의 제군
齊郡[58]이로다. 우리 땅엔 있지 않고 중국에만 있나니, 여지와 종려를
어이해야 구하리.

들보의 남쪽으로 던지세. 뱃사람이 어느 지역 장정인가 묻노라.
사는 곳 강진과 해남 고을이라면 동백과 치자, 석류와 감귤을 가져
오게.

들보의 북쪽으로 던지세. 북쪽 가서 꽃 구해야 하지만 얻지는 못
하리라. 다만 황주 땅엔 좋은 배〔生梨〕[59]가 나서 사람들이 긴 장대로
쳐서 따 먹는다고 하네.

들보의 위로 던지세. 하늘 위 흰 느릅나무〔白楡〕[60] 쌍쌍이 서 있도
다. 월궁月宮으로 곧장 들어 두꺼비 등 밟고서 계수나무 꺾어올 이
그 누구이겠는가.

들보의 아래로 던지세. 세속에서 화초를 위한다는 사람들, 온종일
명예와 이익 좇아 내닫더니 저녁이 오면 뒷짐 지고 문아文雅한 체

---

57 이 표현은 상량문 말미의 축송에 상투적으로 붙는 말이다. 명나라 서사증徐師曾의 《문체명변文
體明辯》에서는 상량식 날 친지들이 음식을 마련해 이를 축하하며 목수들을 대접하는데, 이때 도
목수가 대들보에 걸터앉아 떡, 면, 만두 등을 상하, 사방으로 던지며 상량문을 읽어 축원한다고
하였다.

58 청제青齊는 중국 산동성에 위치한 청주青州의 제군齊郡, 즉 춘추 전국 시대의 제나라 일대를 이
르는 말이다.

59 《세종실록지리지》에는 황해도 황주목 안악군의 토산물로 '생리生梨'가 기재되어 있다. 《대동지
지大東地志》에도 배가 황해도 황주목의 토산물로 소개되어 있다.

60 백유白楡는 흰 느릅나무라는 뜻으로 하늘의 별을 비유하는 말이다. 원나라 때 좌극명左克明이
엮은 《고악부古樂府》의 〈농서행隴西行〉에서 "천상에 무엇이 있는가, 주위에다 줄줄이 백유를 심
어놨지〔天上何所有 歷歷種白楡〕"라고 하였다.

하는구나.

엎드려 바라건대 들보를 올린 뒤에는 새가 꽃술을 쪼지 아니하고, 벌레가 뿌리를 갉지 않으며, 바람이 시렁을 부수지 않고, 추위가 화분을 깨지 않기를. 더위에 국화가 죽지 않고, 추위에도 매화가 병들지 않으며, 석류는 향기를 뿜고, 화초는 꽃을 활짝 피우길. 스물네 차례 좋은 바람[61] 불어와 봄이 가고 봄이 오며, 360일 날마다 꽃이 피고 지길 원하노라.

---

61 꽃피는 계절에 부는 바람을 이른다. 이십사절기 가운데 소한부터 곡우까지 여덟 절기에 해당하는 120일 동안 닷새마다 새로운 바람이 총 스물네 차례 불어오고 그에 응해 각 절기의 꽃이 차례로 핀다고 한다.

백화암부[62]

유련[63]

세상에 숨어 사는 백성이 있어	世有逸民兮
서해 바다 한 모퉁이 살고 있다네.	乃在西海之隅
붉은 새 멋대로 푸드득 날아	肆朱鳥之翩翩兮
서울을 벗어나서 자랑을 하네.	脫帝縣而于于
허공에 잠겨 편안히 여유 즐기니	安沈空而暇豫兮
수척하고 가난해도 우뚝하구나.	癯在下而山堆巇
큰 강물 도도히 흘러가는 곳이라	臨大江之滾滾兮
만리의 긴 파도를 살펴본다네.	覽萬里之長濤
산나무 매만지며 ○○○하니	揉山木而爲○兮

---

62 유련의 필사본 시집 《기하실시고략幾何室詩略》에 실린 〈백화암부百華菴賦〉이다. 방계 후손가
에 소장된 유일본인데 책이 낡아 중간 중간 판독이 불가능한 글자들이 있다. 판독이 안 되는 글
자는 본문에서 '○'로 표시하였다.

63 영재 유득공과 더불어 유박과 혈연관계에 있던 동시대의 대표적인 인물이다. 자는 연옥連玉 호
는 기하실幾何室이다. 후일 연행燕行 중에 유금柳琴으로 개명하고 자를 탄소彈素로 바꾸기도
하였다. 1741년(영조 17년)에 태어나 유박보다 11세 연하이다. 유박의 재종형제이자 유득공에
게는 숙부가 된다. 다만 유득공과 마찬가지로 조부 유삼익이 서자였던 관계로 신분적 제약을 안
고 있었으며 일생을 포의 선비로 보냈다. 특히나 연암학파의 인사들과 교분이 두터웠던 것으로
알려져 있다. 기하실이라는 호에서 알 수 있듯이 수학에 밝았으며, 음악과 서화, 금석, 전각 등 예
술 전반에도 상당한 재능을 지녔던 것으로 평가된다.

가꾸는 데 도가 터서 먹고산다네.

매괴와 주패를 보배로이 여기니

내 어이 단규의 부귀 누리랴.[64]

저 나무의 화려함이여

애오라지 내 마음 즐겁고 눈은 기쁘다.

그래도 임포의 매화를 허물치 않고

도연명의 국화를 품네.

도탑고 실다운 연꽃에다

왕휘지의 대나무일세.

초헐의 식객들은 구슬 신발이 삼천 켤레나[65]

연인의 말은 그 뼈를 버리지 않았지.[66]

오주의 옛 이름 돌이켜보며

구양수의 무일을 활짝 열었네.[67]

耕得道而充口

曰玫瑰珠貝之爲寶兮

吾焉用丹圭之富

彼木之華藻兮

聊以娛吾心悅吾目

而无咎逋之梅兮

潛之菊

敦實之蓮兮

徽之之竹

楚歇之客珠履三千兮

涓人之馬不舍其骨

回吳州之古號兮

開歐陽之無日

---

64 매괴는 해당화, 주패는 백합과의 약용식물을 가리킨다. 단규는 계수나무의 별칭이다. 여기서는
   평범한 꽃을 귀하게 여겨 부귀를 꿈꾸지 않겠다는 의미로 쓰였다.

65 초헐은 전국 시대 초나라의 재상 춘신군을 이른다. 본명이 황헐黃歇이다.《사기》〈춘신군열전春
   申君列傳〉에 다음과 같은 이야기가 전한다. 춘신군은 문객들을 좋아하였는데 그들의 수가 3000
   여 명에 이르렀다. 한번은 조나라의 평원군平原君이 춘신군에게 사람을 보내 대모玳瑁로 비녀
   를 하고 주옥으로 칼을 보관하는 방을 꾸몄다고 자랑하였다. 이에 춘신군의 상객들이 모두 구슬
   장식을 한 신발을 신고는 이를 보이니 조나라 사신이 크게 부끄러워하였다고 한다.

66 《국어國語》〈오어吳語〉 편에 다음과 같은 이야기가 전한다. 임금이 천리마를 구하러 연인涓人을
   보냈는데, 그가 죽은 말의 뼈를 사 가지고 왔다. 그 이유를 묻자 말하길 "죽은 천리마도 500금을
   주고 사 왔으니 살아 있는 말이야 더 말해 무엇 하겠습니까? 왕에게 천리마를 팔 사람이 분명히 나
   타날 것입니다"라고 하였다. 과연 채 1년이 못 되어 천리마를 구할 수 있었다고 한다. 이는 '매사마
   골買死馬骨'이라는 고사로도 잘 알려져 있다. 남송의 주회는《자치통감강목資治通鑑綱目》에서
   주석을 달아, 당시 궁중에 거처하며 청소를 담당하던 알자謁者를 가리켜 연인이라 한다고 하였다.

67 고사가 있는 듯하나 의미가 분명치 않다.

희기는 백설의 조각과 같고　　　　　　　素或如白雪之片兮

선명하긴 성성이의 핏빛과 같네.　　　　鮮或如猩猩之血

은성殷盛함은 우비[68]의 얼룩진 눈물 같고　殷或如虞妃之斑淚兮

담박하긴 초녀[69]의 어여쁜 뺨 같구나.　　澹或如楚女之蛇頰

시황제의 단사가 황금으로 변했던가[70]　　皇帝丹砂化爲黃金兮

오색구름 꽃수레가 환하고 ○○하여　　　五雲華蓋明○

어여쁜 토녀들이 나란히 걷는구나.　　　土女縹紗而合踏

우임금이 도산에서 제후를 제패하자[71]　大禹霸諸侯於塗山兮

만국의 왕들이 ○○○○○○ 하네.　　　萬國王○○○○○○

보불[72]이 늘어서서 얽혔으니　　　　　黼黻羅列而交錯

간데없는 대염국大染國[73]의 능라비단이로구나.　大染之國綾羅錦繡

따뜻하고 밝고 또 환하니　　　　　　　煥炳而炫耀兮

페르시아의 시장에 산호는 한 길이 넘고　婆娑之市珊瑚長丈餘

진주는 크기가 밝은 달만 하네.　　　　眞珠大如明月

형희와 윤주[74]가 머리 들고 바라보고　邢姬尹姝矯首而相望兮

쌍성과 소옥[75]은 고개 숙여 소곤소곤.　雙成小玉低頭而私語

---

68 상강에서 순임금을 따라 죽은 요임금의 두 딸 아황娥皇과 여영女英을 이른다.

69 초패왕楚霸王 항우項羽의 애첩이었던 우미인虞美人을 말한다.

70 진시황은 불로불사를 위한 선약仙藥을 제조하기 위해 연단술煉丹術을 행하였다고 한다. 이 과정에서 단사丹砂가 황금으로 변하기도 하였다고 한다.

71 하나라의 우禹임금이 도산에 천하의 제후들을 소집해 맹약을 맺은 것을 이른다. 이를 도산회맹塗山會盟이라고 한다.

72 보불은 천자의 대례복에 수놓은 화려한 문양을 말한다.

73 비단을 생산하던 서역의 나라 이름으로 추정된다.

74 한나라 무제의 애첩이었던 형부인과 윤부인을 가리킨다.

향기로움 뿜내면서 풍성함을 다하니　　奢芬弗而窮隆兮

빛은 아마득하고 편안히 날리누나.　　光杳眇而安舒揚

○○은 꼬투리가 서로 얽혀서　　○交英兮

자줏빛 줄기 흔들리며 고운 꽃술 펴누나.　　扚紫莖發豔蕊兮

드리운 여린 꽃이 무성히 흔들리니　　垂○榮柔撓蓊蔓兮

어지러이 정신없이 곱고도 풍성하다.　　繽紛而軋忽懿懿扈扈兮

아마득히 황홀해라 배회하며 흔들리니　　芒芒而惚惚徘徊招搖兮

서성이면서 마음 쏟아 골몰한다네.　　倘洋而汨沒兮

즐거이 노닐어 해를 보내며　　優游交歲兮

갈천씨葛天氏[76]의 옛 가락을 노래 부르네.　　歌葛天之舊闋

---

75 천상 세계에서 선녀를 시종 드는 시녀의 이름이다. 당나라 시인 백거이의 〈장한가〉에 "소옥으로
　 하여금 쌍성에게 알리도록 말 전하니[轉敎小玉報雙成]"라는 구절이 보인다.
76 중국 상고 시대의 전설적인 제왕을 이른다. 교화에 힘썼으며 굳이 말하지 않아도 백성들이 잘 따
　 랐다고 한다.

花菴隨錄

花木九等品第

近來諸公子都尉第宅, 爭尙蘇鐵華梨梭櫚, 艷慕遠産, 取冠庭實.
而肆然以梅菊, 號爲亞品. 遂令凡才與吉士並駕, 則今定華林位次
者, 不得不謹嚴. 絲櫻尙不渡海, 蘭草芝草荔芰, 我國所稱者, 非
眞物, 故都不錄. 花木品第云者, 古人已有論定九品者. 故今斟酌
加減, 亦敍九等, 而每等各取五種爲式. 一等取高標逸韻, 二等取
富貴, 三四等取韻致, 五六等取繁華, 七八九等取各有所長耳. 曾
端伯取友十花, 余亦取友二十五花, 而並友松竹芭蕉, 合二十有八
友. 然亦隨意, 換易其名. 稱花品評論, 則古人所不遑. 而余今妄評
二十二花. 或評八字, 或評四字. 以供後人一笑耳.

蘇鐵絲櫻倭産, 華梨梭櫚唐産.

一等 取高標逸韻.

梅 共二十一品.

◎春梅爲古友, 臘梅爲奇友. ◎蒼蘚, 苔鬚. ◎綠萼粉單葉, 宜古梅.
倒垂白, 亦宜地種. 千葉黃白紅, 俗態已非梅矣. 梅以韵勝以格高,
以橫斜疎瘦, 老枝奇怪者爲貴. ◎梅, 天下尤物, 無間智遇賢不肖,

而莫敢有異議. 學圃之士, 必先種梅, 且不厭多矣. ◎蘤子, 稱氷魂玉骨. ◎古梅, 其枝樛曲, 蒼蘚鱗皺, 封滿花身, 又有苔鬚垂於枝間. 重葉梅, 花頭甚豐, 葉重數層盛開, 如小白蓮, 結實多雙. 綠萼梅, 凡梅花跗蒂, 皆絳紫色而唯此純綠, 枝梗亦靑. 紅梅, 粉紅色, 標格猶是梅, 而繁密如杏, 香亦類杏. 千葉黃白紅而結實多雙者, 卽《譜》所謂重葉梅與鴛鴦梅也. ◎接梅, 未知出自何時, 而第梅, 不接則非梅. 故在古稱梅者, 只稱其實. 吾友安士亨意亦如此. ◎收藏, 宜暖, 澆水不燥.

菊 黃色五十四品, 白色三十二品, 紅色四十一品, 紫色二十七品.

◎逸友. ◎養性上藥, 延年輕身. ◎禁苑黃, 醉楊妃, 黃·白鶴翎爲首. ◎鍾會賦, "謂具五美, 圓花高懸, 唯天極也. 純黃不雜, 后土色也. 早植晚發, 君子德也. 冒霜吐穎, 象勁直也. 杯中體輕, 神仙食也." ◎自初夏八日前至晦前, 而必取新根分栽. 五月內亦或移種. ◎惡濕, 只宜添滴. 養菊, 初宜蚕沙水四五次, 次宜鷄毛水五六次. 霖雨中, 宜久貯小便二三次, 忌終日向陽.

以竹枝扶之然, 長大.

蓮 二十二品.

◎淨友. ◎中通外直, 香遠益淸. ◎錢塘紅白最貴. 常蓮花晚謝速, 香亦不遠. ◎紅白, 不宜並植一池內, 紅盛則白必殘. 須作隔池內分種. 以牛糞, 壤地, 以立夏前三兩日, 掘藕根, 取節頭, 着泥中種之, 當年卽便開花. 種蒔, 悉去旁根, 勿令荷根雜擾, 雜擾則花不開.

五月二十日, 移種蓮柄長者, 以竹枝子扶之, 無不活. ◎蓮花, 最怕桐油葛根.

竹

◎淸友. ◎此君. ◎竹品甚多, 粉節烏竹最貴. ◎一節雙枝爲雌竹, 獨竹爲雄竹. ◎不剛不柔, 非草非木, 小異空實, 大同節目. 或茂沙水, 或挺巖陸. 條暢紛敷, 靑翠森肅. ◎此君面目聳然. ◎五月十三爲竹醉日, 二月初二, 三月初三, 謂之本命日. 二月至五月而每辰日, 皆可移種, 若以洗面肥水澆着, 卽枯. ◎竹喜西南地, 於東北高平無水處, 宜種. ◎竹喜連陰中, 栽種限一望, 不使見日卽活. 七月種, 無不活. ◎收藏勿暖, 澆不燥.

松

◎老友. ◎百木之長, 蒼官丈夫. ◎老松. ◎盤松. ◎格物論, 松木大者, 高十數丈. 磈砢多節, 皮極麤厚如龍鱗. 盤根樛枝, 四時靑靑, 不改柯葉. ◎三針枯子松. 五針山松子松. ◎大松千歲, 其精化靑牛, 爲伏龜. ◎符載《植松論》, "沆瀣之華, 住於內, 日月之光, 薄於外, 祥鳳戲其上, 流泉鳴其下. 靈風四起, 聲掩竽籟. 根植黃泉, 枝磨靑天, 可以柱明堂而棟大厦." ◎栽松, 須去松中大根. 唯留四邊鬚根, 則無不偃盖. 必用春社前, 帶土移根. ◎怕煙氣, 收藏勿暖. 三日一澆, 勿置陰處. 霖雨覆根, 勿令蒸濕.

二等 取富貴.

牡丹 正黃色十一品, 大紅色十八品, 桃紅色二十七品, 粉紅色二十四品, 紫色
二十六品, 白色二十二品, 青色三品.

◎熱友. ◎花王. ◎黃樓子, 綠蝴蝶爲上品, 鴉黃金絲白, 金絲眞紅
爲次. 馬肝紅爲下. 必於土沃避風處栽之. 凡花宜春種, 唯牡丹宜
秋社前後種接. ◎魏紫. ◎姚黃.

芍藥 黃色十八品, 深紅色二十五品, 粉紅色十七品, 紫色十四品, 白色十四品.

◎貴友. ◎花相. ◎金絲洛陽紅, 千葉白, 千葉純紅爲貴. 栽植宜秋
種. ◎芍藥一怒, 三年不花, 須以人糞汁解怒.

倭紅

◎勢友. ◎倭躑躅, 映山紅, 枝葉花色, 大同小異. 映山百亦貴, 唐
映山紅, 唐躑躅, 不及倭產. ◎我世宗大王, 卽祚二十有三年春, 日
本國進躑躅數盆, 命置內庭取種, 花瓣甚大, 重跗疊萼, 久而不衰.
◎屈其枝, 宜地接. ◎惡濕, 收藏勿暖, 澆水勿濕.

海榴

◎情友 ◎《格物叢話》云: "海榴出自新羅國, 一名百葉榴, 俗名花石
榴, 紅花白緣." 花葉千萬, 開落遲延三十餘日. 只宜承露, 不可帶
雨暴日. 暴日則色淡, 帶雨則花葉腐朽. ◎枝葉, 與石榴無間, 而不
得結實.

芭蕉

◎仰友. ◎草王. ◎綠天菴. ◎地種三年仍其地, 則開花云. ◎收藏
宜暖, 掘地倒置. ◎澆水不燥.

三等 取韻致.

梔子

◎禪友. ◎薝蔔. ◎越桃. ◎諸花少六出. 唯梔子花六出. ◎《維摩
經》云: "唯聞薝蔔香, 不聞他香." ◎梔子有四美. 花色白腴一也. 花
香清潤二也. 冬不改葉三也. 實染黃色四也. ◎九月採實暴乾. ◎牛
舐枝葉, 必不活. 燈油點滴, 亦不活. ◎蜀有紅梔. ◎收藏寒暖, 最
難相適. ◎澆水不燥.

冬栢

◎仙友. ◎山茶. ◎單葉, 雪中開者, 冬栢, 卽譜所謂一捻紅. 春始
開者, 春栢, 卽譜所謂宮粉茶也. 千葉金絲, 寶珠茶, 最貴. ◎勿使
枝葉, 相接着他物, 勿近火氣. ◎茶葉喜塵埃, 用綿子淨刷, 務令光
膩. ◎寒暖宜得中, 澆水不濕不燥. ◎畏日, 勿曝.

四季 唐詩曰: "峽漲三川雪, 園開四季花." 然則, 四季無奈爲本名. 而唐宋韻人鮮
有吟咏者, 仍不得盛傳本名耶?

◎韻友. ◎有紅白兩種. 花白者, 韻勝. 花開四季朔者, 名四季. 逐

朔花開而色淡者, 名月季, 一名月月紅. ◎ 過曝色殷. 不曝色淡. ◎ 收藏勿暖, 水不止.

椶櫚

◎ 有黃白兩種, 實甘如蜜, 狀如魚子, 一名木魚, 一名鬛葵.

萬年松

◎ 俗稱老松, 身幹回曲, 如赤虵騰林者, 上品. 葉白有刺者, 下品. ◎ 性耐寒, 宜栽恠石上. ◎ 澆水不止, 勿置樹陰下.

四等 取同韵致.

華梨

◎ 類降眞香, 宜地種.

蘇鐵

◎ 一名鳳尾焦, 一名番焦. ◎ 憔悴難活, 則置鐵丁炭土上, 因火熏並鐵納槎上及枝間, 則卽活抽筍突兀.

瑞香花

◎ 殊友. ◎ 黃紫兩種, 不得頻澆水, 宜用小便, 可殺蚯蚓. ◎ 一萼才綻, 香滿一庭. ◎ 始出廬山.

葡萄

◎草龍. ◎黑馬乳紫馬乳品高, 青馬乳味甘. 青葡, 味亦甘而子細. ◎上架時, 多不過十條. 結子後澆以人糞汁, 則能成實. ◎作架, 宜高受風, 材木, 宜避松. ◎收藏宜暖, 澆水不止.

橘

◎雋友. ◎下氣通神, 輕身長年. ◎層枝剡棘. ◎塩水沃根, 埋鼠盆中, 甚盛. ◎行根太張, 一盆難容, 須年年剪根. ◎栽植二十餘年, 始得結實. ◎收藏, 寒暖宜適.

五等 取繁華.

石榴

◎嬌友. ◎安石榴. ◎倭榴. ◎羅榴. ◎一名丹若, 《廣雅》謂之若榴, 子白者, 謂之水晶榴. ◎花有紅白黃三種. ◎喜午水. 石榴雖喜水, 而結子時, 不得澆水太過. ◎收藏宜暖.

桃

◎天友. ◎碧桃, 紅桃, 三色桃, 千葉粉桃, 鬱陵桃, 梡桃, 六月桃, 七月桃, 霜桃, 噉仁桃, 鬱陵噉仁僧桃, 水桃, 僧桃, 太白桃. ◎唐明皇, 始得千葉紅碧桃於楚園中, 與貴妃日遊其下曰: "此花可以消恨." ◎紅碧宜共接一盆. ◎種桃, 五年盛, 七年衰, 十年死. 宜以刀刮皮去脂. ◎收藏勿暖, 澆水不止.

海棠

◎靚友. ◎安士亨云: "海棠無香, 而我國所謂海棠者有香. 袁石公
稱, '入春爲海棠', 而我地海棠, 四月後始開花." 又曰: "梅可以聘
海棠, 則雖千葉梅性不相近, 而金絲單葉紅, 俗名山丹者, 無香而
花亦類梅, 色又妍媚. 彷彿曾端伯所稱名友, 則山丹無奈爲海棠."
云云. 近聞惠寰道人曰: "石梨上接得山丹, 則乃是捷徑海棠, 而櫻
桃上接得山丹, 則乃是垂絲海棠." 云云. 蓋我國人不習衆花名品,
以冬柏爲山茶, 百日紅爲紫微, 向佛爲辛夷, 蘇鐵爲枇杷. 瑞香又
未辨眞贗, 而月四季亦不知本草爲何名. 則年年入燕行人, 恐難免
責備耳.

薔薇

◎佳友. ◎黃紅兩色.

垂楊

◎宜倚接紅桃, 爲少桃, 花映金絲間.

六等 取同繁華.

杜鵑

◎時友. ◎紅白兩種, 花白者韻勝. ◎宜北向. ◎惡濕.

杏
◎艶友. ◎團杏, 臙脂團杏, 梨杏, 兪杏, 麥杏.

百日紅
◎俗友. ◎紫微花. ◎怕癢花.

柿
◎七絶. ◎長蹲, 月華, 水柿品高.

梧桐
◎碧梧品高. ◎盆上亦宜成盖.

七等 以下取各有所長耳.

梨
◎雅友. ◎品多, 而旌善靑梨, 大容一果器.

庭香
◎幽友. ◎或曰, 丁香. 紅白兩種, 花開香滿一庭.

木蓮 俗名木芙蓉.

◎ 淡友. ◎ 洽似白蓮, 香氣郁烈. ◎ 且有黑木蓮. ◎ 好濕.

櫻

◎ 含桃. ◎ 子色, 有紅白青黑四種.

丹楓

◎ 宜栽怪石上.

八等

木槿 六月初七八日及十七八日廿七八日開花, 則霜早. 旬後二三日廿二三日開花, 則霜晚耳.

◎ 檀君開國時, 木槿花始出. 故中國稱東方, 必曰, 槿域. 花白者極佳, 《詩》所謂 '顏如舜華'者, 是也. 俗名蕪窮花.

石竹

◎ 芳友. ◎ 正色, 間色, 二十餘種. ◎ 惡濕.

玉簪花

◎ 寒友. ◎ 花色白腴, 葉色光膩, 花香清烈.

鳳仙花 千葉有眞紅軟紅兩色. 俗稱千葉則只四葉, 而亦眞紅軟紅兩色. 常鳳仙只二葉, 而色白者, 亦有四葉二葉.

◎ 紅, 白, 間色, 三種. ◎ 千葉紅, 最貴. 常千葉紅白, 不足貴.

杜樬
◎ 貞木, 古貞女化爲木.

九等

葵花
◎ 有五色.

剪秋紗
◎ 秋風已高, 群芳衰歇, 剪秋紗能接續開花, 以繼霜菊, 可愛. 春開者謂剪春羅.

金錢花
◎ 功用彷彿剪秋紗.

昌歇
◎ 俗名石菖蒲. 一寸九節, 龍根細鬚. 喜洗根. ◎ 怕煙. 宜栽怪石上.
華楊木

◎ 宋花石崗, 先得楊木二盆.

附姜仁齋花木九品 合五十二種.

一品　松, 竹, 蓮, 梅, 菊

二品　牡丹

三品　四季, 月季, 倭躑躅, 映山紅, 眞松, 石榴, 碧梧

四品　芍藥, 瑞香花, 老松, 丹楓, 垂楊, 冬栢

五品　梔子, 海棠, 薔薇, 紅桃, 碧桃, 三色桃, 白杜鵑, 芭蕉, 剪
　　　春羅, 金錢花

六品　百日紅, 紅躑躅, 紅杜鵑, 杜沖

七品　梨花, 杏花, 寶薔花, 丁香, 木蓮

八品　蜀葵花, 山丹花, 玉梅, 出墻花, 白黃花

九品　玉簪花, 佛燈花, 連翹花, 草菊花, 石竹花, 罌粟殼, 鳳仙
　　　花, 鷄冠花, 蕪菁花

花庵九等 合四十五種.

一等　梅, 菊, 蓮, 竹, 松 取高標逸韻.

二等　牡丹, 芍藥, 倭紅, 海榴, 芭蕉 取富貴.

三等　梔子, 冬栢, 四季, 梭欄, 萬年松 取韻致.

四等	華梨, 蘇鐵, 瑞香花, 葡萄, 柚子 取同韻致.
五等	石榴, 桃花, 海棠, 薔薇, 垂楊 取繁華.
六等	杜鵑, 杏花, 百日紅, 柿, 梧桐 取同繁華.
七等	梨, 庭香, 木蓮, 櫻桃, 丹楓 已下取各有所長.
八等	木槿, 石竹, 玉簪花, 鳳仙花, 杜穗
九等	葵花, 剪秋紗, 金錢花, 昌歜, 華楊木

花品評論

梅

◎ 評: 江山精神, 太古面目.

◎ 論曰: "古梅, 邈焉難尙. 能言之士, 亦莫以形容其彷彿, 則定是猶龍難狀之. 太上老君, 而紅黃白千葉, 則俗態已非梅矣. 好梅者, 至目以尤物, 而韻人亦只詳淸瘦僧, 都非彷彿古梅者也."

菊

◎ 評: 渾然元氣, 無限造化.

◎ 論曰: "禁醉. 花之聖者. 而鶴翎, 亦優入聖域者也."

蓮

◎ 評: 氷壺秋水, 霽月光風.

◎ 論曰: "紅白蓮, 超然江湖, 不肯求名, 而自然難掩. 其亦箕潁間,巢許者類也."

牡丹

◎ 評: 富貴繁華, 公論已定.

◎ 論曰: "牡丹本自麤大, 專享富貴, 獨執牛耳. 實是五伯中, 齊桓也."

芍藥

◎ 評: 卓冠群芳, 爭伯紅白.

◎ 論曰: "芍藥富麗, 不下花王. 則亦是秦楚之莊穆, 而恐不肯俯首受相印於花王耳."

倭紅

◎ 評: 眩脫百花, 擅權華林.

◎ 論曰: "倭躑躅, 映山紅照耀一世, 愚夫愚婦莫不驚服, 則一匡天下, 九合諸侯者, 豈非衰世如仁之仲父手段乎. 然則夷吾人品勝似五伯."

海榴

◎ 評: 西子含嚬, 令人斷腸.

石榴

◎ 評: 飛燕玉眞, 寵傾六宮.

◎ 總論曰: "石榴非乏國色, 而不幸與百葉榴爭芳, 可憐. 尹夫人與邢並世耳."

四季
◎評: 莊姜班姬, 淑德誠心.
◎論曰:"月四季, 花葉足韻, 斷續不絶, 有純亦不已之誠."

瑞香花
◎評: 閑中殊友, 十里淸香.
◎論曰:"瑞香韻致淸越, 爲明窓靜几中勝友."

梔子
◎評: 瘦鶴雲鴻, 絶粒逃世.

冬栢
◎評: 道骨仙風, 絶俗離群.
◎總論曰:"附其翼者無其角, 天地本不偏私一物, 而梔子冬栢, 旣得淸瘦花, 又帶光潤四時葉, 尤是華林中, 淸高完福者也."

海棠
◎評: 淸揚婉兮, 睡痕矇曨.

薔薇
◎評: 純黃正色, 都雅其姿.

◎總論曰:"海棠華麗, 薔薇嬌雅, 可合爲能詩秀才內子耳."

百日紅
◎評: 何必舜英, 顏如渥舟.

紅碧桃
◎評: 倚門獻笑, 莫不落鞭.
◎總論曰:"百日紅, 媚如子都. 紅碧桃, 佞若馮道, 皆是中貴弄臣也.

杏
◎評: 絶等小星.

梨
◎評: 閒雅婦人.

石竹
◎評: 不哭孩兒.

庭香
◎評: 朴茂行者.

玉簪花
◎評: 伶俐沙彌.

剪秋紗

◎ 評: 應門童子.

◎ 總論曰: "杏嬌, 梨淡, 石竹佳, 庭香瘦, 玉簪寒, 秋紗巧. 皆有態名花, 而可供瓶君, 使令耳."

二十八友 惣目

春梅爲古友

臘梅爲奇友

菊爲逸友

蓮爲淨友

竹爲淸友

松爲老友

牡丹爲熱友

芍藥爲貴友

倭紅爲勢友

海榴爲情友

芭蕉爲仰友

梔子爲禪友

冬柏爲仙友

四季爲韻友

瑞香爲殊友

柚子爲雋友

石榴爲嬌友

桃爲夭友

海棠爲靚友

薔薇爲佳友

杜鵑爲時友

杏爲艷友

百日紅爲俗友

梨爲雅友

庭香爲幽友

木蓮爲淡友

石竹爲芳友

玉簪爲寒友

附曾端伯十友

蘭爲芳友

梅爲清友

臘梅爲奇友

瑞香爲殊友

蓮爲淨友

蒼蔔爲禪友

菊爲佳友

桂爲仙友

海棠爲名友

荼蘼爲韻友

花開月令 並小說.

花之開落, 旣係時候之早晚, 且西土與南中. 受氣固不齊, 則有難定
式其花開月令, 而第以節序, 平分時各卉之發榮. 敷華於是土者, 看
定此常規者. 欲知一草一木之趁時敷榮及愆期頓挫者, 專在主人培
養之得失何如. 而因此勤護, 庶得隨時, 順其性使各呈其眞態計耳.

正月
梅花, 冬栢, 杜鵑.

二月
梅花, 紅碧桃, 春栢, 山茱萸.

三月
杜鵑, 櫻桃, 杏, 桃, 梨, 四季, 海棠, 庭香, 林禽.

四月

月季, 山丹, 倭紅, 牡丹, 薔薇, 芍藥, 梔子, 躑躅, 常海棠.

五月

月季, 石榴, 瑞香花, 海榴, 渭城柳.

六月

石竹, 葵花, 四季, 木蓮, 蓮花, 木槿, 石榴.

七月

木槿, 百日紅, 玉簪花, 前秋紗, 金錢花, 石竹.

八月

月季, 百日紅, 剪秋紗, 金錢花, 石竹.

九月

剪秋紗, 石竹, 四季, 早開黃, 勝金黃, 通州紅黃, 金絲烏紅.

十月

蘇州黃, 禁苑黃, 醉楊妃, 三色鶴翎.

十一月

鶴翎, 笑雪白, 梅花.

十二月

梅花, 冬栢.

附九等外花木

林禽, 丹奈, 山茱萸, 渭城柳, 百合, 常海棠, 山丹花, 躑躅, 栢子,
側栢, 枇子, 銀杏.

已上十二種, 韻致繁華, 當優入四五等, 而一等取高標逸韻, 二等
取富貴, 各有移易不得之品數故, 仍以每等五種定式, 而遂別錄附
此於九等之外, 未必彼優於此, 而勢有不能相容而然耳.

花菴九曲

쏘아즈란 層石榴ㅣ오 트러지은 古槎梅ㅣ라
三峰怪石에 돌닌 솔이 늙어시니
아마도 花菴風景이 너쑨인가 ᄒ노라
一曲

風淸月白夜에 三尺琴을 겻틔 로코
四時佳興을 百花中에 붓쳐시니

226

이 몸도 昇平聖澤에 저젓는가 호노라
二曲

마당의 보리 들고 花塢의 石榴 핀다
간밤 비즌 술을 葛巾에 걸너내니
아마도 世上 시름이 半나마 덜니인다
三曲

草堂에 낫줌째여 一竿竹 들어메고
釣臺夕陽에 無心이 안주시니
白鷗도 閑暇이 너겨 짐즛 戲弄호더라
四曲

梧桐에 雨滴호고 竹林에 煙籠이라
小艇에 簑笠 두고 藤床에 누엇더니
어듸셔 닷 드는 소릐는 좀든 날을 째오느니
五曲

막대 집고 나건니니 楊柳風이 徐來로다
긴 푸름 져른 로래 뜻대로 消日호니
어듸셔 樵童牧叟는 웃고 指點호느니
六曲

夕陽에 白鷗還ᄒ고 茅簷에 煙霞宿이라
花香月色이 텰엽시 房의 드니
ᄋᆞ희야 거문고 淸텨라 醉코 놀가 ᄒ노라
七曲

시름 계워 長醉ᄒ고 금심 계워 ᄭᅩᆺ 보노라
근심 시름을 ᄭᅩᆺᄭᅴ여 술노치니
어즈버 酒非狂藥이오 花閑趣ㄴ가 ᄒ노라
八曲

白水에 벼을 갈고 靑山에 섭플 친 후
西林風雨에 쇼 머겨 도라오니
두어라 野人生涯도 쟈랑홀 째 이시리라
九曲

梅儂曲

風雪山齋夜에 相對一樹梅ㅣ라
웃고 저을 보니 저도 날을 웃는고나
우어랴 梅則儂兮ㅣ오 儂則梅ㄴ가 ᄒ노라

村謳

쯘다 쯘다 돌이 쯘다
핀다 핀다 쏫이 핀다
쏫 우의 돌이 쯔니 百花菴興이로다

花菴謾語

月隱西岑, 夜闌三更, 此身獨立花間, 滿襟風露天香.

睡足花菴, 白鷗飛盡, 滿庭夕陽. 江村寂寂時, 何處舟子一曲欸乃
聲近遠.

紅白花數株香郁馥, 有心人携壺鳴驪來. 書一床琴一架. 何事兒童
更進一局棋.

花主人謹愼不如聖求, 有爲不如士亨. 幹事不如季尊, 瞻敏不如士
章. 恬雅不如伯休, 愿愿不如好問. 性質不如德祖, 淡泊不如仲宣.
適用不如雲約, 果敢多聞不如安公輔. 文辭且下諸君. 而唯是愛花
自謂似勝十盆. 故對花偶識之.

花菴記

余賦性拙, 自分無用. 所居山水重濁, 鮮遊覽之勝. 席門窮巷, 終歲
絶長者車. 近求四時花卉總百本, 大者栽培, 小者瓮瓦, 塢而藏之
菴之中. 而身在其間, 消遣與世相忘, 怡然自得.

粉梅禁醉, 細察精神. 倭躅映山紅, 遠觀形勢雄偉取. 丹藥桂桃, 如
卜新姬. 梔栢若對大賓, 嬌容可掬. 石榴意思軒豁. 芭蕉怪石爲庭
除名山. 廋松得太古顏面. 風竹帶戰國氣像. 雜種爲侍者. 蓮花若
敬對茂叔.

取其奇者古者爲師, 淸者潔者爲友, 繁者華者爲客. 欲讓人而人棄,
故幸自適無禁. 喜怒憂樂, 坐臥都付此瓶君, 忘形不知老之將至耳.

梅說

余睡梅蔭, 夢一人奇形古貌, 衣白神淸, 揖余而戲曰:"子好我矣,
子能知我否? 欲知我爲誰, 索我. 子意上古朴爲友者. 某性惡朝市,
獨喜山林, 逃名物外. 雖楚之靈均, 莫得我聞知而沒世, 無名人與
我秘蹤者亦何限? 某實不怨屈子, 而怨蘇子. 氷魂玉骨, 還漏跡, 得
尤物目我也. 子如知我, 幸同始終於寂寞荒寒山水隈, 世所等棄地,
庶免俗相押, 若虛若無, 而得共全素性也."余領梅兄意, 唯唯而覺,
識之.

答安士亨書

昨夕, 何人傳致華翰, 展不數行, 不覺爽氣逼人, 盥手花露, 盡日跪讀, 怳若披雲霧睹蓬萊, 乃知琪花瑤草都不出其間也. 第以兄大手操槃宮董狐, 定華林春秋者旣嚴且愼, 則人與花間筆不當不謹, 而論花則謹嚴, 論人則浮誇. 兄或不能免俗, 聊復云云耶.

就喩, 杜鵑不但先春者, 而花白者亦不無韻氣, 故已輸入九等花木中. 莘夷雖咏於唐人, 而此不過偶記輞川目擊者也. 不可以人而貴物, 故果出而卑之. 蕟蕙之迷, 荔芰之無, 亦不出兄見之高明也.

八字評意難典雅, 間多胡說, 方仰兄修潤. 何不一字提教, 而乃至過獎, 還若是耶? 不哭孩兒, 朴茂行者, 乃是朱夫子論尹彦明張思叔語. 而石竹庭香, 取其肯似. 伶俐沙彌, 不過爲俚語, 何足稱道也?

梭欄自是遠產, 而素無寒家緣. 喜入貴庄, 不肯相好, 故實不無慊慊底意. 瑞香始出廬山中, 詳載呂大防瑞香圖, 而亦產我邦嶺南湖南, 揷枝分根. 無不善活, 而十里淸香韻格, 可敬者也. 尙今不聞形影. 故欲求博謀於兄.

萱草以弟固陋, 終難辨眞贋, 於我產未爲收錄. 槿花則不知其白, 只知其紅, 而非紅非殷, 色類木綿花, 非黃非赤者. 故賤而外之, 而每惜其枝葉稍貴, 視同鷄肋. 今承花白者, 乃是舜華, 而爲東土昔日春之敎, 令人始得出井觀天, 而從今意思, 當未常不在忠州也. 何不汲汲引進於優等也.

海棠幸蒙兄指南, 已十信其八九, 而終難的定其十分. 且念日後入燕者, 或有花癖, 貿歸別般海棠, 則我所謂海棠者, 畢境難免爲燕石. 故所以分註山棠海棠者, 爲取傳信傳疑之義也.

今承近山近水及時候不齊之敎. 可謂一言折獄, 而明爽乃爾. 以弟駑劣, 雖不能自當, 而當於海棠下, 以安士亨云云懸註, 以待後人博聞, 酌定計耳.

此惠一帒文字, 莫非奇花異草之精英, 則付壁, 花菴已不啻照耀生色, 而又承一筒文與詩, 責及之敎, 還不覺三秋政如三歲耳. 第南征未知的在何間, 而歷路可得一宿對花, 閱各人花語耶? 人雖拙而花則不拙, 是可以屈兄淸駕否耶? 適逢趙友孝, 以家伻人忙覆, 故所謂九等花木品第, 不得寫呈, 以待兄明敎, 甚鬱甚鬱. 不備. 壬辰八月二十四日.

關西山東風雨異勢, 吳楚外地梅, 更無臘綻者, 則中國之時候亦已不齊.《城都志》瑞香發花冬春間, 而我土則始開春夏間, 中外時候之不齊者, 又果章章如兄敎, 而第考袁石公《瓶史》, 則中郞旅宦北京時, 稱燕京天氣嚴寒, 凍水能裂銅瓶云云, 而入春爲海棠者, 亦在順天府所識也. 我國與燕同分野, 均爲天下之東北, 而淸南氣候, 則猶可稍溫於北京, 入春爲海棠者, 終難釋然無疑也.

附安士亨原書

花說華翰來到於弟適出之時. 未卽奉玩, 且二帒不可卒地玩閱, 故闕然久不報矣. 數日披覽如飮芬菲可掬薰馨, 自不覺鄙吝之萌已祛於胸中. 兄可謂碧瀾西散人中散仙也.

細覽花史, 分察花評, 夫取躑躅而捨杜鵑者, 賤之也. 入杏花而出辛夷者, 卑之也. 譜蘭草而不譜蓀蕙者, 迷之也. 評石榴而不評荔芰者, 無之也. 梅之凝神, 桃之銷恨, 六花之薔薇, 九節之菖蒲, 各得其宜. 不失其情態者, 寔吾兄於花卉, 有君哉之才也歟? 花無定名, 而可供愛花之眼者何限. 而篘中百日紅之繁麗, 蔚秋紗之孤芳, 宜收於花圃者, 固信然也.

如非素性癖愛者, 何以形容其微妙耶. 可謂發前修所未發者也, 亦可想兄之精神, 與花之女夷潛接暗通, 却不知其人耶花耶. 假使花也能解語則皆曰: "吾主人, 吾主人矣." 八字褒批, 典雅清灑, 愈出愈奇, 固不敢奉喩, 而四字評中, 石竹之不哭孩兒, 玉簪之伶俐沙彌等褒, 實神仙中語, 非食煙火在狂塵者所可覽所可知也.

以弟之固陋, 豈可有說於兄之花譜花評之中耶. 然而芻蕘有說, 千慮一得. 以兄之高明, 或採其萬一也, 故玆敢有說焉.

就花譜之下, 以梭欏瑞香之不畜於花塢, 似有慊慊底意, 竊恐猶未免俗, 聊復云云者也. 且橄欖杜若等花卉, 非我國產, 則固不足論也. 至於萱草木槿, 本產於我邦, 而兄不錄於花譜. 且不論於花評, 抑有何故而然耶. 〈衛詩〉曰, "焉得諼草, 焉樹之背." 此萱草也. 〈鄭風〉曰, "有女同車, 顏如舜華." 此木槿也. 萱草有花曰宜男, 又名含笑. 宋詩曰, "草解忘憂憂底事, 花名含笑笑何人." 此亦萱也. 我東方檀君開國之時, 木槿花始出. 故中國稱東邦必曰槿域. 然則唯槿花領東土昔日之春者也. 且二花俱載於《葩經》, 爲孔子不刪, 則無賢愚, 而必知其貴也.

彼梭欏瑞香出何傳記, 而兄何如是不得此二卉有窅然之意乎. 此不過紫薇之類, 而其於百日紅剪秋紗, 爲上下者也. 萱槿之獨漏於花譜者, 無異於梅之獨不入於〈楚騷〉者也. 兄豈不知其所貴而然也. 必忽之而遺之也.

梭欄瑞香, 耳聞而罕見者也. 萱草槿花, 目見而罕聞者也. 諺所謂貴耳而賤目者, 指其俗人之執拗也. 豈可於兄之高明言之耶. 乃所謂未能免俗者, 非耶或然耶. 且譜中有山棠之註, 果未知有海棠, 而又有山棠之別名耶. 盖海棠無處無之. 凡九州之中, 唯西蜀多産焉. 蜀中多山而少水, 則無於近山而必於少水耶. 不可以惡濕, 而疑其非海棠也.

我國僻處東北, 時候常晩於中國. 故二月初開花者, 我國或三月晦開花, 三月初開花者, 或四月中開花. 如彼杜花之倫, 先春發英者, 而春候或晩, 則往往四月初開花. 此則兄我之所目擊也. 此花之四月綻紅者, 不是異事. 彼袁中郎所云入春爲花者, 亦固然矣, 有何伴錯之端耶. 此盖緣土地中外, 時之早晏不同故也. 以兄之通透, 豈可致疑於此花之眞非海棠也. 兄所謂梅可聘者言之, 則其爲海棠也, 亦必矣. 且百卉有香, 而唯海棠無香. 則海棠反以無香, 還有名於百花之上者也. 此花似梅, 而紅無香而嫩者, 的爲海棠尤章章矣. 幸須破疑, 而從今以後, 而眞海棠待之也. 然而此非爲俗人言也, 須勿復疑焉. 彼俗所謂海棠者, 若非無名之野花, 則抑亦紫莉花之類也.

玆以僭父之言, 仰塵於花主人之案下, 只供一哂之資也. 其或有擇焉者耶? 弟雖不佞, 百花菴壁上, 要以一文一詩寄題. 然而三秋之中, 必作湖西之行, 返栖後, 當搆一文一詩, 仰呈조計耳. 不宣. 壬辰八月二十二日.

樱欄之說, 詳見於《說文》, 果非等閑花卉也. 上文所云云者, 有激而言之也. 然豈比萱槿之古且貴者也. 瑞香者, 漢魏樂府唐宋詩律所咏花木甚多, 而未常依俙者, 烏足貴乎. 樱花有黃白兩種, 實甘如蜜, 狀如魚子, 故一名木魚, 見杜詩蘇文. 木槿花有紅白兩種, 白者花瓣與色澤, 與白芍藥同. 兄或未見白者, 故未入於花譜中耶.《詩》所謂顏如舜英者, 必指其白者而比之也歟. 六七年前, 弟見白槿花於忠州地耳.

祭第三亡女文

維歲次丁酉三月丁卯朔初七日癸酉, 父告于亡女婉兒之靈曰, 嗚呼痛哉. 去冬汝病萬分危惡, 幾死復甦, 而貧不能念汝食補, 惡粥雜蔬, 元氣大陷, 餘症乘虛, 竟至於此. 愧爲人父, 痛切傷哉. 苟有眞味以補其元, 醫藥以治其祟, 而年又及筓. 苟或使之成人, 而不至束手待死, 如汝父母之無能, 則汝不必若是夭逝. 而一不稱情, 父子之間, 餘恨何如.

嗚呼痛哉, 柔順之德, 淸雅之姿, 從容之態, 森森在目, 觸物難忘. 數日黃昏, 心緒忽忽, 若有見而無形, 若有聞而無聲. 此世茫茫, 消息莫憑, 汝果羽化而爲仙. 一如爾兄夢寐間所見耶, 幽明雖殊. 父子恩深, 爾或一言丁寧夢魂相報耶.

嗚呼痛哉, 平日汝事之可記述者, 汝不忍言, 又不忍書. 汝以今初一日寅時, 棄父母永逝, 七日而以是日葬汝于先塋下. 俾汝得歸侍

我父母, 九原之下, 魂有所依庇耳, 復何深憾. 菲薄之奠, 一慟永訣,
靈其欽格.

五言絶句

盆梅

花菴十二月
篤老一槎梅
蕭蕭窓外雪
細細逐香來

又

古梅三兩樹
臘雪政儂家
無言相對坐
香動一枝斜

又 主人自稱梅儂.

相對片心白
梅儂儂是梅
一塵時不動
窓月獨徘徊

又

更深人語絕
菴靜月生時
此心無點累
一酌與君宜

又

西湖半夜雪
香自亞枝來
夢寐清如許
疎窓月上梅

又

犯雪疑君白
移燈仔細看
看來淸襲骨
風月不勝寒

除夜對梅

臘槎春又到
淑氣動山家
殘燈守歲夜
閑對二年花

靑枝梅

看梅有妙理
不獨着花槎
突兀靑枝上
精神勝有花

與梅問答

吟病一旬臥
爲誰爾放花
無心前夜雪
臘信近君家

菊

蕭蕭九日雨
多發東籬花
彷彿徵君宅
風霜不染葩

竹

非草亦非木
歲寒獨也靑
無人君不重
十尺見亭亭

月四季 唐畵多寫此花, 而尙不知本草中爲何名. 只稱我國土産, 而唐詩有咏'園開
四季花'一句.

韻多月月紅
本草誰相當
不是無名花
須看唐畵上

紅碧桃

紅白極繁麗
韶華溢晚春
可憐風流地
消恨有情人

暎山紅

暎山紅似日
花發靑山紅
自得爲庭實
貧家富貴同

牡丹

天香春盡初
國色百花上
專擅華林權
年年木德王

芍藥

寂寞春歸後
嫣然富貴姿
當階風不定
翻索韻人詩

薔薇

牕前一夜雨
多發薔薇花
似憐時寂寞
物色動山家

倭石榴

直榴上似傘
立當我眉齊
百金交市日
漆齒惜頻啼

六月六日, 劉把摠漢宗倚接兩梅槎, 喜拈梅字韻

劉君匹馬來
倚接兩槎梅
霏霏時帶雨
消息已生苔

賞花拈花字韻

前山欲訪花
春酒掛錢賖
當爐傾一斗
門外柳條斜

又

爲惜落來花
典衣酒剩賒
醉做羲皇夢
覺看山日斜

前韻贈安士亨

碧挑已綻花
比舍酒堪賒
故人無信息
窓外日西斜

其二

參差有百花
酒熟亦非賒
待子無消息
出門落日斜

士亨書來, 兼贈一箋, 故詩以答之

葡萄架下立
時有故人書
忙手開緘處
清風忽襲余

詩得百首, 呈謝士亨起余

四十烏乎文
誰令高適比
邇來百首詩
都謝故人賜

客來

月到花開夜
客來酒熟時
張琴歌九曲
何必覓新詩

244

孤山 一名崇臺.

十里水雲邊
翩翩白鳥前
千尋物外壁
猶濕百家煙

偶吟

雲宿三簹屋
天長一領茵
滿庭秋月下
獨坐是閑人

除夜

此宵猶舊歲
明發卽新春
倏忽光陰裏
朱容復幾人

栀子

綠葉承黃子
方冬見異輝
莫言南土性
盆上竟無違

七言絶句

偶吟

多病年來草癖强
十株花木足芬芳
傍人莫笑耽紅綠
猶勝塵間說否藏

又

淡雲膏雨百花曉
煙色迷離更惹愁

兩三甁揷齊疎密

春到花菴事事幽

又

跡絶京華二十春

閑來花事偶相親

綠牋瓊字還多問

偸得淸名愧韻人

又

日向溪頭罷釣歸

夢爲蝴蝶繞花飛

谷鳥一聲驚起坐

夕陽山影度關扉

溪字本磯字.

又

寂寂山齋欲二更
風淸月白此時情
頓覺靈臺無俗累
踏來花影聽潮聲

松

阿誰栽汝閱千霜
大廈明堂合棟梁
獰風虐雪無人管
偃盖亭亭自一崗

竹

栽竹東庭月出時
竹淸月白兩相宜
待得千竿抽萬丈
掃來塵垢十分奇

菊

滿目西風吹肅殺
四山黃葉鬧秋聲
騷騷獨有東籬菊
剩帶高人不世情

梅

雪壓琴書月欲仄
玄冬漠漠五更時
天心獨與梅神化
冷澀新香着瘦枝
仄字或作垂字.

又

詩翁憔悴畫工愁
百幅千牋惣不侔
欲知彷彿精神處
試看雪牕月半鉤

神馬負圖槎梅

負圖木馬五花奇
河洛神蹤世自疑
空將陶化調羹質
謾作山人賦比資

蟾蜍凝精槎梅

愛月蟾蜍蝕太清
謫來庾嶺化梅兄
凝精每吐三更白
桂影天香九萬程

咏梅贈人

雪透寒床夢不成
蕭蕭春色對梅兄
相思一夜香全化
窓月分明爾我情

別梅花

掩戶留香留不得
東風無力別離宵
落盡殘花春寂寂
五更斜月夢迢迢

與諸益登蓮花峰賞花, 拈韻得花字

盡日春遊爲是花
村婆勸酒不須賖
水聲山色留人久
極目天涯暮景斜

又

南山花對北山花
流水閑禽石路賖
千家共得春光濕
多少青帘日欲斜

又 _{是日進宴.}

曲曲清流處處花
平臨島嶼萬重睐
長安是日多歌舞
雲捲華山一角斜

三月十五夜

東風明月百花香
最是三月十五光
花香月色如常得
琅苑瑤臺卽此鄉

又

滿天明月滿庭花
花葉重重帶月斜
是日春光公道在
風流猶自屬寒家

又

唐時明月宋時花
白也堯夫醉裏斜
二子人間難再得
千年物色等閑家

暎得月色在怪石, 石盒中貯水

三峯怪石碧叢叢
貯水一升在盒中
尙得印來天上月
淸光凌亂不勝風

自京口還鄕舟, 次玄石聞笛

醉下東風酒肆樓
五江明月上歸舟
何人忽送三更笛
綠水靑山惣客愁

宿蠶西姜希天亭子

風流公子舊江山
買得何年住此間
臥對仙遊峰上月
呼兒爲客獵魚還

贈士亨

二月銀城拂柳條
離愁尙憶立驢橋
鴻鴈北歸消息少
一書三宿付今朝

士章來訪

花發庭深憶遠人
喜君相對暫淸眞
皎駒未繫今宵永
瞻望行塵白髮新

254

五月十日

蛙鳴閣閣午春急
灌隴課耕學圃翁
簑衣歸立踈簷下
十數名花自雨中

次李荷西聖儼韻

荷西來醉季方鄕
三伏淸詩凜似霜
遙知此夕儂家月
政在高人覓句床

前韻贈士亨. 時看詩選

睡着遙遙白醉鄕
秦山楚水剩秋霜
覺來尙對唐詩選
風動編張半在床

呈荷西

洗耳溪水出塵情
楊柳風前日夜鳴
惹得荷西凭几臥
一般清味夢中聲

荷西贈一絶和呈

夫子清詩細且精
忽如微雨濕春城
紅白纈爛粧近遠
還使遊人失去程

哭愼郎祖範墳墓

立馬荒山鬢欲皤
斷雲衰草雨聲多
孤墳繞盡魂無語
淚灑黃昏寂寞過

戊戌 二月, 余管本郡鄕校移建之役, 久滯六朔, 閏月七日夜賦得.

積雨三旬霽此宵

更看斜月暎床上

黌堂久客愁無眠

耽聽空山澗水響

花間步月

竹淸月白已相宜

月下梅槎矧瘦奇

梅竹影中身復健

百年心事有誰知

新梅

槎老瓦盆槎已老

小窓幽月對相宜

莫言積雪連簷壓

猶送新香索我詩

五言律詩

梅

歲晏花菴冷
垂垂獨樹梅
偏憐氷玉性
不作雪霜摧
古韻虛簷得
幽香淡月來
感君珍重意
相對數斗盃

又

珍重寒梅樹
扶踈四五柯
爾高松竹菊
我愧黃蘇何
戶外都塵俗
龕中獨太和

無心相對夜
斜月共婆娑

偶吟

花庵春已仲
幽興日相添
雲中成朝雨
鳥閑語晚簾
客來衣典酒
詩就墨流縑
多少山中趣
百年愧不廉

贈邑中諸盆接中

郡浦東流海
邑山北拱天
地靈多傑俊
文學足良賢
八百浮烟戶

參差負郭田
漢城方策士
名姓幾人傳

與邑中諸益登南山賞花

山南山北會
春色幾番過
靑草今朝嫩
幽花是日多
澗聲添宿雨
鷗夢泛淸波
似解遊人興
流鶯處處謌

又

石逕蒼苔滑
前宵一雨過
百年佳會少
三月野花多

饁婦歸新壠
漁舟上逆波
叱牛何處客
長短夕陽歌

又

曾有看花約
春山聽栗留
宿嵐多積翠
細草喚深愁
銀浦鏡中瀉
玉峯水上浮
遊絲三百丈
滿郭向官樓

又

冉冉春光晚
行雲半去留
揷花遊女恨

折柳故人愁
城市煙霞落
公門鼓角浮
此時多少思
何似仲宣樓

次荷西喜雨韻

普天三夜雨
五稼野情濃
霧駁開斜日
雷殷護去龍
歡聲傳北闕
爽氣出西峯
大慶吾何頌
聽溪且住笻

更旱次呈荷西

誰知三日雨
不作甫田濃

鑠地還驕魅

歸淵伏懶龍

鶴何行峻岅

雲謾壓彌峰

宿驗今難信

長嘆倚一筇

贈士亨

新月相思夕

西風暑退時

身分南北阻

韻○竹松遲

螢火當窓沒

天河近戶垂

分明今夜夢

共說六朝詩

登江西寺壓海樓

青山無俗事

流水白雲平
喬木經朝雨
亂蟬近午聲
樓高秋氣早
僧老佛心生
宿約江湖在
登臨是日情

夢浣花溪杜草堂

杜子風塵日
草堂錄事營
山嚬憂國恨
水咽望鄉情
寒月千年色
清猿一夜聲
懷人溪入夢
睡罷午雞鳴

264

擬上岳陽樓

洞庭無限水
水上岳陽樓
陣陣三湘雁
飄飄七澤鷗
江山遊子夕
歌笛楚人秋
從古吟哦地
登臨盡日愁

松都途中

落日高麗國
興亡極目前
山河留霸氣
臺沼散宮煙
南北三千里
君臣五百年
一場春夢盡
征客自悽然

爲哭愼郎 祥日, 行到臨津半氷, 適値使行, 通涉賦得.

湍上流澌月
使行渡口通
四郊堆雪白
片日壓城紅
愁醉東坡酒
行迎赤壁風
忽忽心不樂
孀女待阿翁

次士亨題撻川林將軍遺像韻

將軍有遺像
靈颯絳帷寒
猛氣雙瞳射
雄心一劍懸
天寒嘶客馬
灘咽祭江船
我已椒楣具
春生上撻川

次士亨鳥嶺韻

羊腸與鳥道
坐歎歲龍蛇
苟戍當關卒
寧憂擧國倭
千年南北限
一夕李申差
事往何嗟及
撫膺不忍過

代人挽金昆陽萬謙

丈夫時不遇
勳業竟何如
南國空留愛
東京早退廬
高名傳簡策
餘慶大門閭
痛哭西州客
哀詞不忍書

堂成

白茅蔭小堂
因占水雲鄉
地僻禽聲靜
山空睡味長
漁樵三逕闢
梅竹十年粧
霽月兼湖色
琴書永夜凉

七言律詩

梅

憯然何物一槎梅
古色盆封百歲苔
冷絶已非塵世態
淸高難向俗人開
韻同十丈孤松遠
香共三更半月來

臘盡春生無限思
殘花折得更徘徊

菊

山家契闊富東籬
無數菊花露結時
艷艷楊妃耽醉早
昂昂黃鶴展翎遲
奇香入戶幽衿合
清蘂浮杯病肺宜
楚澤潯陽人已遠
於焉更對好襟期

元月六日卽事

天地分明淑氣回
三陽權早牛窓開
公然野鶴盤雲去
何處紙鳶對面來
盡日風無湖上艇

隔年花看臘前梅
起居尙得村人問
聽罷閑談勸一杯

謾吟

澤藪狂歌二十年
居然老大百花前
蒼松翠竹堪爲友
露菊寒梅合對眠
泛泛江湖同白鳥
悠悠歲月醉風煙
男兒落魄還如此
猶得人間號地仙

次士亨韻

浹旬阻面忽經年
書尺時時信息傳
薄酒政濃愁獨酌
梅花空發不成眠

伊來幾望雲邊樹
今夜同看月上絃
心貴相知休歎晚
世間白首幾人全

再疊

清晨嬌鵲語新年
忽見平書鯉含傳
男子何心君欲老
腐儒無用我耽眠
青鸞侶去難爲舞
白雪歌來喜拂絃
多少勉旃文字上
如膠如漆見心全

崇臺

卜居何必市都求
壁立千尋有是丘
山勢北來臨水盡

江聲南走入雲流
長風野色宜三夏
落木歸帆爽九秋
積翠層嵐看不厭
百年相對泛波鷗

贈士亨

柳眉先動早梅驚
病子徘徊醉眼醒
忽見雁奴天北去
始知春信地南行
壓臨巖嶂山形瘦
咫尺魚龍海氣腥
昨日蕭蕭窓外雨
故人書札惣春情

贈士章

難弟難兄莫短長
文章風采各芬芳

白眉嚴重兼機密
叔氏疎通解矩綱
左右泳游君自足
才能方比子還强
專城一雁吾違面
聞道堂堂似季方

細雨

潤物無聲細雨斜
東風已綠幾枝柯
江頭霧塞村形窄
峽口春生水勢多
谷鳥欺人偸粟去
隣鷄惡濕整毛過
漁翁欲避風波宿
時聽灘頭起棹歌

霽後

霽後江城物色凉

春來苦思日俱長
杏花半白前宵雨
畦麥凌靑後夜霜
漠漠水田人戴笠
悠悠沙渚鶴梳裳
咏歸自足閑中趣
一半湖山近夕陽

別士亨

立馬橋頭各片心
無言相別勝苦吟
只知交道如山重
莫歎離情似海深
指去梨花疑白雪
折來楊柳勝黃金
長亭草綠三春暮
空見鷽兒作好音

入京口舟次蚕西

破浪長風二百里

蚕西峰上夕登臨

漢陽水口神功壯

白嶽山容勢力深

細草嫩承新雨澤

腐儒髮短少遊心

吟哦日落倚篷立

北闕鍾聲月下尋

率眷西歸洗谷, 安公輔繫舟土亭相待

率眷西歸信故舊

誰能先我土亭臨

舟中吐膽鄉情密

月下論文夜色深

鷗鷺忘機眠水面

魚龍多事動江心

曉風欲下前灘險

時有來舡問幾尋

留侯

一過圯橋擧世空
雄心婦貌貴從容
韓成無命依炎漢
隆準少恩伴赤松
鹹楚墟秦都了債
運籌決勝惣彌縫
茫茫人鬼今難測
强受當年萬戶封

忠武侯

三分割據足經權
伊呂相當或未先
得地得天皆漢賊
失謙失表又阿禪
終難長策指揮定
空泄神機事務玄
撤骨秋風淸淚恨
玉臺當日帝心憐

敬次鶴山辛僉知仲厚壽席 眉字韻

大夫康健世間稀
九十精神上秀眉
郎署幾年官不調
樞垣是日貴非期
神仙在地蒼顏古
雨露從天紫帶垂
速客清樽傳盛事
就中瞻富見公詩

次士亨韻, 贈題蓮花洞山人精舍

中峰積翠石爲蹊
更有淸流繞此棲
細雨春回粧瘦壑
和風水泮響幽溪
茅簷盡日唯禽語
藥圃經冬但獸蹄
物色山家隨序好
前年我亦一笻携

贈禹上舍士通

東風二月草萋萋
才子青春得意西
身上翠衫光照耀
馬前淸篆響高低
洛陽花柳君恩重
雛澤梓桑孝思悽
從此勉旃須自愛
更期雁塔姓名題

敬呈具生員國輔壽席韻

南極明星照海東
主人回甲少如童
呼來四子延佳客
醉抱雙孫悅太翁
山翟江鱗誇孝饌
輕紬厚絮詫閨工
居鄕樂事能爲善
顚倒衣冠一郡同

278

丁聖叟拈韻求和

穿山踏水到君廬
栗里清談政歲初
白面少年名下士
靑氈舊業腹中書
杯深百罰詩情老
語盡三更夜色虛
花柳佳辰謀再醉
葛巾漉酒更須余

次邑中諸益南山賞花韻

桃李深深蝶影紛
一杯村酒勸東君
千條弱柳風前見
百曲鳴泉雨後聞
岳翠東頭收曙靄
山紅一面捲晴雲
年年此會非無約
我亦花庵物色分

投宿隔五里田家, 贈士亨

一半斜陽隔五里
田翁漁父雜江干
沙鷗野鶴心同淨
水色山光態共閑
人臥釣臺雲氣濕
僧眠石榻磬聲殘
壺中物色如相問
須把玆詩仔細看

次愼查誠卿別後韻

十疊新辭字字悲
緘書遠到手忙披
魂應訴帝冤何極
哭欲崩城痛莫涯
懷緒盆煩唯我淚
肝腸如割見君詩
詩中多少吞聲說
不忍高吟使女知

又

江頭一別有餘悲
懷抱何時得共披
哭盡乾坤應已老
悲來日月欲無涯
窮途豈獨無兒歎
晚歲還吟哭婿詩
強將巴謳酬白雪
長卿寧望鳳州知

四月四日, 舡遊甘露寺

八九冠童一葉船
五峰七浦足雲煙
巖花寂寞春歸後
津柳參差雨過前
古寺夕陽僧獨立
遠堤芳草犢分眠
微風細酌青山影
白鳥何心近酒筵

堂成

十載經營一草堂
老來還笑戀并鄉
簷前雨歇江聲急
籬外秋成野色長
白鳥忘機湖上宿
靑山有約鏡中粧
倦看古史因欹臥
竹影松風午夢涼

和寄士亨心水齋韻

晏宅邵窩市肆間
哲人往往不嫌闤
蓮開汚澤繁還淨
柳拂春城鬧亦閑
憑檻鳥鳴煙外樹
把杯花發雨中山
蒼生其奈思安石
爲惜年來鏡裏顏

崔斯文舜星, 前年遊嶺東關北兩西, 今秋又自三南還歸來訪, 故步
其流覽原韻以贈

始聞男子四方遊

今見精神溢馬頭

之子得非眞太史

小華原自等神州

醇風惣說三韓國

傑句閑題幾郡樓

愧我不能携手去

百年心事負今秋

謹次安公輔壽席之字韻

經綸文學我知之

雲路翶翔理固宜

倏忽周庚非壯歲

如何郎署負明時

韻成東閣詩千帖

壽祝南山酒百巵

勳業可論年八十

祇今晬宴賦而思

謹次韓上舍命相八十晬席兼設回榜宴韻

童顏鶴髮杖於鄉
蓮榜重回歲月忙
尙憶曲江與唐宴
曾添八簋入周庠
密聯地主傳杯席
深坐令兒舞彩堂
稀慶況兼逢晬日
門闌浮動老星光

自京口還鄉舟中與李光國禹士仰拈唐韻

清霜黃葉已深秋
漢水何心日夜流
世事蹉跎悲短髮
行藏蕭灑任孤舟
中天月色隨鄉夢
永夜江聲攪客愁
賴有諸君同跌宕
詩筒酒盞辨清遊

次金上舍伯休晬席生字韻

四十年前太學生
白眉爭說最良兄
倘來勳業違初計
海外光陰不世情
杯酌今能開晬席
笙簫還幸際昇平
但須孝饌傾家釀
何必更求身後名

五言排律

寄士亨

步步蛩聲切
凄凄白露垂
別來秋已半
瞻咏夜何遲
末路唯印友
一言亦我師

逸駒驕且健
駑馬劣而疲
追逐吾相得
紛紜衆共疑
尋梅因吐膽
佩酒或揚眉
覺爽泉邊語
會賢臺下隨
銀城雲聚散
金谷樹參差
花發詩成夜
月明信到時
相思依白面
阻絶夢淸儀
每讀花菴序
頻看嶺刹枝
文章餘事足
信義本源奇
秋隼尖峰立
雲鵬大海窺
才關經世務
器稱適時錘
廊廟風雲阻

江湖日月馳
可憐昭代老
空作暮年悲
利鈍非無別
窮通自有期
猣獪千里志
麋鹿萬峰飢
搖落風霜節
崢嶸歲暮思
機心吾已盡
唯有故人知

附錄

題花庵花木品第後

昔班氏列九等之序, 以作古今人表. 而猶多顚錯失次致遺議. 若鍾
記室之評詩, 陳太史之選文, 自以爲品藻甚精. 而間或有不滿人意
者. 今觀百花庵主花木品第, 其所位置行序, 無絲毫之差, 若漢三
尺周九章. 雖使花自爲品第, 亦無以過, 可謂難矣. 或云菴主有銓
衡才, 而不遇於時, 故借此以寓其設施云.

惠寰道人李用休景明氏識.

寄題百花庵

李用休

兩間草木類
三千三百餘
或花或不花
花者九分居
約之以爲百

288   화암수록

其義何取歟
譬如滿天星
廿八登曆書
色又不止五
數目難盡臚
品格亦非一
夷惠由賜如
山鳥啣實遺
靈種見始初
韶光爲設采
淑氣不停噓
候至各自開
爛若雲霞舒
芳草綠相間
吾所愛不鋤
復欲備奇賞
遐域購栟櫚
緣溪轉涉園
何勞命小車
低枝時拘冠
墮藥或粘裾
非此意不樂
林徑朝夕於

家人告食具
戲答且姑徐
餐英而咀實
依然古几蓬
造物惜清福
何爲偏餉予
花下時擧杯
自賀復自譽
銅臭與鯖氣
衆香爲祓除
眞境異荒唐
顧笑武陵漁
天上吾不知
人間無比諸
案上雜書屛
花經數卷儲
心中無一塵
自然來淸虛
作詩遠上寄
豈望報瓊琚
他日造君菴
庶免生客疎

寓花齋記

柳斯文璞癖於花. 家白川之金谷, 謝遣世紛, 日以蒔花爲調度. 蓋
花無不蓄, 時無不花, 五畝環堵, 馥馥然衆香國矣. 君忻然自多, 名
其齋曰寓花, 遍要一代名能詩者, 歌詠其事.

謁余文爲記, 余聞而笑曰: "君愛花則誠有之, 未始不爲不達道也.
天下萬物, 有者無之始, 衰者盛之終. 此理之必然者也, 以故明則
暗, 暗則明, 寒盛則暑, 暑盛則寒, 權威盛者禍及, 富貴盛者殃至.
蓋物之爲人所賞者, 其盛衰尤亟焉. 花爲天地之精英, 其色蕩人目,
其香觸人鼻. 其尊或以王稱, 其正或以君子. 視其傲霜, 或喩節槩,
其出塵或譬處士. 要之皆天地之所甚惜, 而不欲使常常而有也.

是故花發則風雨隨其後, 此非造物者之得已而不已. 物之盛衰, 雖
化翁, 無以容其力矣, 今君之栽花也, 高高而下下, 形形而色色, 此
褪則彼艷, 彼謝則此續, 雖積雪長冰之節, 君之前, 花固自如也, 率
是道以行, 明暗寒暑可以無代謝也. 權威者可以長華赫也, 富貴者
可以長佚樂也, 惡乎可也, 況君之名以寓花, 又何其狹也, 君之齋
以百花爲樊籬, 君又以身而處其齋, 認之以寓花, 似得矣.

然木之根寓土, 幹寓根, 枝寓幹, 花之蔕寓枝, 英寓蔕, 鬚寓英, 蜂
與蝶寓鬚, 花固不勝其寓也. 其可使君而作寓之贅乎. 君試思之.
君之身寓齋, 齋寓兩間, 兩間卽物之逆旅也. 君稱之曰: '寓逆旅.'
則可曰以寓花. 無亦爲有物而私之者乎. 雖然, 吾聞君愛花甚, 人
莫不化之. 君以事而遠遊, 不能以時月返, 則家人封植花澆灌花,

莫敢失其機, 一如君在家. 此君之愛花之化家人也.

環金谷而村者, 聞君築花塢培花根, 不令而趨, 不勸而役, 有若己事之不可已者, 此君之愛花之化隣比也. 州里之操舟業日南者, 見奇品異種可供翫賞, 盛以盆, 寄之船, 怡怡來呈, 若納錫然, 此君之愛花之化船人也. 君一布衣, 何嘗有力而致此.

子思曰: '不誠無物.' 曾子曰: '誠之不可揜如此.' 天下之事, 未有誠而不感者也. 夫所貴於花者, 不特以香與色, 以其由花而就夫實也. 君以心誠求花之癖, 求之於天下事物之實理, 不但寓之而已. 身與理爲一, 則他日之培根食實, 其效不亦無窮旣乎. 姑爲文以勉之."

百花菴記

李獻慶

柳君璞家于白州之金谷. 丘園階庭, 皆被以花樹, 蓋百花也, 名其所居之菴曰百花, 遣人走京師, 因余所親識, 徵記於余.

余應之曰: "古之隱者, 多隱於花. 秦人隱於桃, 和靖隱於梅, 濂翁隱於蓮, 陶令隱於菊. 今柳君以百花隱者歟. 然桃與梅也, 春華者也. 蓮與菊也, 秋華者也. 彼四人者之所托, 而爲隱者, 各得四時之一, 而未得其三也. 今柳君之所愛者百花, 則四時之花備矣, 無時而不可隱也. 此彼四人者所得, 不已奢乎. 柳君栖隱之趣, 歷四時而無變, 則其欲終隱而不出者歟."

或曰: "人之於花卉, 有所偏愛而酷好者, 以其德性之相方, 臭味之

相近也. 嚮所稱數君子是已. 柳君則不然. 以百花駢列於前, 欲立
蕾而俱玩焉, 則所好者, 無乃駁而不約乎. 繁麗富貴之觀, 非隱者
之所宜尙也."

余曰: "不然. 花之品固有高下淸濁之殊, 而露開風落, 由於天機自
然則一也. 余未識柳君, 意者其人觀物而玩理者歟. 閱其開落而樂
其自然, 則安往而不自然也." 遂書其語爲記.

百花菴記

睦萬中

花品如人品, 萬種紛綸, 形色迥殊. 妍者媸者淡者濃者, 高靖者偉
麗者, 亭亭有標格者, 妖艷有姿態者, 如君子如逸士如美人如小人.
而荒郊絶磵, 楚楚瑣瑣, 自開而自落者, 人莫得而遍識也.

夫畫師呫筆臨紙, 巧出新意. 而未滿百本, 已覺彼人類此人, 此花類
彼花. 及夫信風至時雨過, 則紅紫滿山, 香滯鼻而色眩目. 絶無一跗
一萼之適相肖者, 造化之功, 不可幾也. 觀人於市朝之中, 亦若是矣.

古之善言花者, 莫如邵堯夫先生, 謂 "見根橃而知花高下者上也,
見枝葉而知者次也, 見蓓蕾而知者下也." 不獨牧丹爲然, 可以通於
百花矣.

余不識柳君和瑞, 而聞其流落西海上, 蒔花滿庭, 自號曰百花菴,
殆隱於花者也. 見花多則必能別其品格, 愛花深則必能識其性情,
余願從柳君而問之.

寄題柳斯文百花菴

山澤深居了百緣
饞花一癖苦難痊
都房不斷窮年種
腔子能專贊化權
開有參差渾向日
色無濃淡盡蒸烟
休官晚計林園在
灌植靈方儻細傳

冬夜贈金谷柳處士

禹景謨

一燈將盡語猶餘
此夜相逢兩歲初
往往眉生燕趙氣
亹亹舌吐古今書
風雲荏冉崇臺釣
日月棲遲海谷居
雪後江梅看已晚
罵花時節更須余

其二

西州零落已多時

喬木春殘古宅悲

金谷烟霞猶舊物

碧瀾花鳥摠新詩

江湖日暮相親少

京洛年深好報遲

一曲峨洋心以和

神交何必管鮑思

題金谷柳處士璞百花菴 并小敍.

禹景謨

古之愛花者何限, 其中最著而可稱者, 卽元亮之菊, 濂溪之蓮也.
菊以肖處士之節而愛也. 蓮以比君子之質而愛也. 然而其愛之也,
不免乎偏而隘, 有若伯夷之清, 柳下惠之和, 各偏乎一而不能造集
大成之域也.
今者柳處士和瑞氏之愛百花, 何其博也. 青黃紅白之無所不有, 異
凡貴賤之無所不備, 春蘭秋菊愛各隨時, 則其視諸陶元亮周濂溪
之愛花, 其亦博且大矣, 而亦可謂花家之集大成者也. 余故曰柳處
士愛花之聖者. 雖然, 余造百花菴聞主人之言, 察主人之色, 其愛

梅也, 異於他品. 或以其清高粹白之象, 酷似自家而然耶. 仲尼曰:
"泛愛衆而親仁." 梅之爲百花頭上, 其猶仁之長於百善者乎.

牢落江湖處士家
晚年經濟寓於花
癖淫俱是心專着
疏灌何曾愛有加
休道席門貧寂寞
不孤金谷舊繁華
且看屋上奎芒燭
照爛圖書滿篋誇

金谷百花菴上梁文

柳得恭

花而百而止耶, 蓋欲擧其成數爾. 菴之名之何也, 必須指其實事云.
花主人誰, 柳先生某. 軒轅之苗裔, 朝鮮一布衣. 先五斗而已歸, 學
陶門之種柳, 餘一策而遽泛, 慕范舟之散金. 物我是非都相忘, 蝴
蝶爲周, 周爲蝴蝶. 貴賤榮辱何足道, 君平棄世, 世棄君平. 乃逍遙
而游, 有消遣之法.
溫癖錢, 王癖馬, 癖於花者幾人. 雪令曠, 月令孤, 令之韻者此物.
聞人家有異蓄, 雖千金而必求, 窺海舶之閟藏, 在萬里者亦致. 夏

榴多梅春桃秋菊, 寧四時而絶花, 梔白蘭靑葵赤萱黃, 恨五色之闕黑, 不可構爲太古巢而噉其實, 不可樹之無何鄕而寢其陰, 有敝廬於斯, 仍舊館而已.

晝爾茅宵爾索, 無非農隙之功, 眇者準偏者塗, 寧有武斷之謗. 馨香上梁之祭, 打延州之粉餈, 玲瓏下莞之資, 織江西之鬚艸. 山林水石之勝, 吾堂叔云云, 詩文書畫之傳, 一時人某某, 雖不過一艸屋, 足可謂百花菴. 無乃若弟子之行, 或升堂而或入室, 自相爲賓主之位, 爾東垤而我西垤, 遇種樹之橐駝, 引爲上客, 詫桃花之驛馬, 何如古人. 果然金谷繁華, 忽成香國世界. 或曰胡爲役役, 亦已焉哉, 笑而不答, 悠悠聊復爾耳. 十年居湖海, 跡掃桃李門前, 一春如畫圖, 夢牽蜂蝶風裏.

抛梁東, 分付碧瀾諸舵工. 有載華盆向金谷, 莫求船價一文銅. 抛梁西, 一帆風去是靑齊. 我東不有中原有, 荔芰椶櫚安得兮. 抛梁南, 借問船人何土男. 莫是居生康海邑, 將來多栢梔榴柑. 抛梁北, 北去求花不必得. 只見黃州好生梨, 百拳長木打而食. 抛梁上, 天上白楡立兩兩. 直入月宮蹋老蟾, 折來丹桂誰能當. 抛梁下, 世俗之爲花艸者. 終日去馳名利塲, 夕來負手作文雅.

伏願上梁之後, 鳥不啄藥, 蟲不嚙根, 風不棚披, 凍不盆罌, 熱不殺菊, 寒不病梅. 石榴香來, 芭蕉花作. 二十四番風風好, 春去春來. 三百六旬日日間, 花開花落.

百華菴賦

柳璉

世有逸民兮

乃在西海之隅

肆朱鳥之翩翩兮

脫帝縣而于于

安沈空而暇豫兮

癯在下而山堆蠪

臨大江之滾滾兮

覽萬里之長濤

揉山木而爲○兮

耕得道而充口

曰玫瑰珠貝之爲寶兮

吾焉用丹圭之富

彼木之華藻兮

聊以娛吾心悅吾目

而芄咎逋之梅兮

潛之菊

敦實之蓮兮

徽之之竹

楚歇之客珠履三千兮

涓人之馬不舍其骨

回吳州之古號兮

開歐陽之無日

素或如白雪之片兮

鮮或如猩猩之血

殷或如虞妃之斑淚兮

澹或如楚女之姹頰

皇帝丹砂化爲黃金兮

五雲華蓋明○

土女縹緲而合踏

大禹覇諸侯於塗山兮

萬國王○○○○○○

黼黻羅列而交錯

大染之國綾羅錦綉

煥炳而炫耀兮

婆娑之市珊瑚長丈餘

眞珠大如明月

邢姬尹姝矯首而相望兮

雙成小玉低頭而私語

奢芬弗而窮隆兮

光杳眇而安舒揚

○交莢兮

扤紫莖發艷蕊兮

垂○榮柔撓翁蔓兮

繽紛而軋忽懿懿扈扈兮

芒芒而惚惚徘徊招搖兮

倘洋而汩沒兮

優游交歲兮

歌葛天之舊闋

화암수록

꽃에 미친 선비, 조선의 화훼백과를 쓰다

1판 1쇄 발행일 2019년 3월 18일
1판 2쇄 발행일 2021년 12월 6일

지은이 유박
옮긴이 정민 김영은 손균익 외

발행인 김학원
발행처 (주)휴머니스트출판그룹
출판등록 제313-2007-000007호(2007년 1월 5일)
주소 (03991) 서울시 마포구 동교로23길 76(연남동)
전화 02-335-4422 **팩스** 02-334-3427
저자·독자 서비스 humanist@humanistbooks.com
홈페이지 www.humanistbooks.com
유튜브 youtube.com/user/humanistma **포스트** post.naver.com/hmcv
페이스북 facebook.com/hmcv2001 **인스타그램** @humanist_insta

편집주간 황서현 **편집** 이효온 박기효 **디자인** 박인규 한예슬
조판 홍영사 **용지** 화인페이퍼 **인쇄** 삼조인쇄 **제본** 민성사

ⓒ 정민, 2019

ISBN 979-11-6080-200-9 03810